Sempé/Goscinny

Les bagarres du Petit Nicolas ®

Les histoires inédites du Petit Nicolas
IMAV éditions

Le plombier

Depuis longtemps, il y a une fuite sous l'évier de la cuisine, et maman, et puis papa, ont téléphoné plusieurs fois au plombier, et le plombier dit toujours qu'il va venir dès qu'il le pourra, mais il ne vient jamais. Alors maman a demandé à papa d'essayer d'arranger la fuite lui-même, et papa a dit que non, qu'il n'était pas plombier et qu'il avait peur de faire des bêtises, et maman lui a dit qu'il avait peut-être raison. Alors papa a essayé d'arranger la fuite, mais il n'a pas réussi et il s'est fait mal au doigt. Alors maman, en attendant le plombier, attache un chiffon autour du tuyau de l'évier, et elle met un seau en dessous, et quand le seau est plein, elle le vide dans l'évier, et elle doit faire ça de plus en plus souvent.

Samedi après-midi, en sortant de l'école, j'étais bien content, d'abord parce que c'est toujours chouette de sortir de l'école le samedi après-midi, puisqu'on sait que le lendemain c'est dimanche, et puis aussi, parce que papa et maman ont invité M. et Mme Malbain à venir prendre le thé à la maison. M. Malbain travaille dans le même bureau que papa, et ils sont très copains tous les deux ; papa nous raconte souvent les chouettes farces qu'ils se font au bureau. Moi, j'aime bien quand il y a des invités pour le goûter, parce que maman prépare des tas et des tas de bonnes choses.

Quand je suis arrivé à la maison, j'avais couru, M. et Mme Malbain n'étaient pas encore arrivés ; maman préparait la table pour le thé – il y avait une tarte aux fraises – et papa m'a dit :

– Quand on sonnera, tu me laisseras ouvrir ; je vais faire une blague à Malbain.

– Quelle blague ? Quelle blague, dis ? j'ai demandé.

– Je vais mettre mon imperméable, m'a répondu papa en rigolant, et puis quand j'ouvrirai, je dirai à Malbain et à sa femme : « Vous ici ? Quelle surprise ! Mais, je ne vous attendais pas aujourd'hui ! C'est samedi prochain que vous deviez venir… Ah là là ! C'est ennuyeux parce que, comme vous le voyez, je me préparais à sortir. »

Moi, j'ai rigolé et j'ai tapé des mains. Il a des idées terribles, papa. Avec lui, on s'amuse comme vous ne pouvez pas savoir. Maman, dans la salle à manger, a fait un sourire, et elle a dit :

– J'ai deux enfants, mais je ne sais pas lequel est le plus gosse des deux !

Et puis, on a sonné à la porte. Alors papa a vite mis son imperméable qu'il avait préparé sur le fauteuil, et moi, j'étais tellement énervé que je riais et que je sautais sur le tapis. Et puis papa a ouvert la porte en essayant de rester sérieux, et c'était le plombier.

– C'est le plombier, a dit le plombier. C'est bien ici que vous avez une fuite ?

– Oui, a dit papa, qui était resté tout étonné. Je ne vous attendais pas aujourd'hui.

– Je vois ça, a dit le plombier. Vous êtes habillé pour sortir ; si vous voulez, je peux revenir un autre jour.

– Non, non, non, a dit papa. Je ne sors pas, j'attends du monde, au contraire.

– Eh bien, dites donc, a dit le plombier en regardant l'imperméable de papa, elle doit être importante, votre fuite ?

Papa a fait entrer le plombier, il a enlevé son imperméable, et il lui a dit que la fuite c'était dans la cuisine, et puis on a sonné à la porte.

– Excusez-moi, a dit papa.

– Faites, a dit le plombier.

Papa a ouvert la porte, et cette fois-ci, c'était M. Malbain avec Mme Malbain. M. Malbain avait mis une grosse moustache sous son nez, et il a crié en rigolant :

– Ch'est bien ici qu'il faut livrer le charbon, fouchtra ?

Papa a fait entrer M. et Mme Malbain dans le salon, et quand M. Malbain a vu le plombier, il a cessé de rigoler, et il a enlevé sa moustache. Papa et maman, M. Malbain, Mme Malbain et le plombier se sont donné la main, M. et Mme Malbain m'ont embrassé, papa a montré le plombier et il a dit :

— Monsieur est le plombier. Nous avons une fuite.

— Ah ! Très bien, a dit Mme Malbain.

— Venez, Monsieur, a dit maman. Je vais vous montrer.

Alors, le plombier et moi nous avons suivi maman dans la cuisine, et maman a montré le tuyau sous l'évier, et elle a dit :

— C'est ici.

Le plombier et moi, nous nous sommes baissés, le plombier a regardé le tuyau, il a enlevé le chiffon, il s'est frotté le nez avec le doigt, et il a demandé :

— Tsss ! Qui vous a fait cette installation ?

— C'était déjà comme ça quand nous avons emménagé, a expliqué maman. Mais jusqu'à ça fait un mois, nous n'avons pas eu d'ennuis.

— Tsss ! a dit le plombier. Bien sûr, vous avez attendu trop longtemps pour m'appeler… Regardez-moi ce travail ! Une honte ! Ça ne peut pas tenir,

c'est toujours la même chose ; on a fait des économies de bouts de chandelle sur les devis, on n'a pas de conscience professionnelle, alors bien sûr, tôt ou tard, ça fuit, et c'est moi qui dois réparer les dégâts ! Tenez, Madame, je suis en ce moment sur un chantier, c'est moi qui fais la plomberie. Eh bien, pas plus tard qu'hier, je suis allé voir l'architecte, et je lui ai dit : « M. Lévrier – c'est l'architecte –, M. Lévrier, moi, je veux bien respecter les devis, mais alors, j'aime autant vous prévenir tout de suite : je ne prends pas la responsabilité de l'installation. Parce que ça-ne-tiendra-pas ! » Comprenez-vous ?…

– Oui, oui, a dit maman. Maintenant, je vous demande pardon, mais j'ai du monde, et il faut que j'aille m'occuper de…

– Faites, faites, a dit le plombier.

Moi, je suis resté dans la cuisine avec le plombier, qui touchait les tuyaux et qui faisait « tsss » des tas de fois. Et puis, il s'est retourné, il m'a regardé, et il m'a demandé :

– Comment t'appelles-tu, petit ?

– Nicolas, je lui ai répondu.

– Alors, Nicolas, il m'a demandé, ça t'intéresse, la plomberie ?

– Oui, Monsieur, je lui ai répondu.

– Et à l'école, tu travailles bien ? il m'a demandé.

– Ben oui, j'ai dit.

C'est vrai, j'avais fait sixième en grammaire ce mois-ci. Et puis papa est entré dans la cuisine.

– Nicolas, m'a dit papa, ne dérange pas Monsieur. Laisse-le travailler.

– Mais non, mais non, a dit le plombier. Il ne me dérange pas du tout. Nous sommes devenus de grands amis, n'est-ce pas, Nicolas ? Il faut que je vous dise que j'ai un petit-fils qui a à peu près son âge. Et déluré avec ça ! Tsss ! Théodore, qu'il s'appelle, comme son pépé. Un vrai petit lutin… Mais, nous ne sommes pas là pour parler de Théodore, n'est-ce pas ?

Le plombier a rigolé et papa a rigolé aussi.

– Alors, pour cette fuite ? a demandé papa.

– Eh bien, a répondu le plombier, comme je le disais à Madame, c'est toute l'installation qu'il faudrait refaire, parce que franchement, ce n'est pas du travail. Mais enfin, si vous ne voulez pas faire des frais, je peux vous bricoler quelque chose en attendant. Ça sera toujours plus pratique que le seau et le chiffon, n'est-ce pas ?

– C'est ça, c'est ça, a dit papa. Bricolez-nous ça… Vous en aurez pour longtemps ?

– Oh, en deux ou trois heures, ça devrait être fini, a dit le plombier.

– Bon, a dit papa. Viens, Nicolas, laisse travailler Monsieur.

– Mais, a dit le plombier, je ne vais pas faire ça aujourd'hui : je n'ai d'ailleurs apporté ni mes outils, ni mon apprenti. Je suis venu pour voir. Je reviendrai, voyons… Demain, c'est dimanche… Lundi, je suis fermé… Voyons, mardi, je suis sur le chantier… Mercredi ou jeudi. Avant la fin de la semaine, en tout cas. En attendant, je vais vous couper l'eau, parce que ça risque de faire des dégâts… Touche pas au tuyau, petit.

– Nicolas ! a crié papa, qui tout d'un coup a eu l'air très en colère. Je t'ai déjà dit de ne pas rester ici ! Et puis, tu as sûrement des devoirs à faire ! Monte dans ta chambre !

– Ben, j'ai pas encore goûté, et mes devoirs je les ferai demain matin.

– Monte tout de suite ! a crié papa.

– Alors là, vous avez raison, Monsieur, a dit le plombier. Il faut être sévère. Je suis comme vous avec mon petit Théodore ; si on n'est pas un peu ferme, avec eux, les gosses, ça passerait son temps à traîner. Tsss !

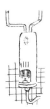

Le stylo

Ce matin, Geoffroy est entré dans la cour de l'école, il s'est arrêté et il nous a crié : « Eh ! Les gars ! Venez voir ce que j'ai ! » C'est drôle, chaque fois que Geoffroy amène quelque chose à l'école, il ne vient pas vers nous : il s'arrête à l'entrée de la cour de récré, il nous crie : « Eh ! Les gars ! Venez voir ce que j'ai ! » Alors, nous y sommes allés et il avait un stylo.

– C'est mon papa qui me l'a donné, nous a dit Geoffroy.

Geoffroy a un papa très riche qui lui donne tout le temps des tas de choses.

– C'est pour m'encourager à bien travailler que papa m'a fait cadeau du stylo, nous a expliqué Geoffroy.

– Et ça t'a encouragé ? a demandé Clotaire.

– Je ne sais pas encore, a répondu Geoffroy, je ne l'ai eu qu'hier soir.

Il est très chouette, le stylo de Geoffroy, rouge avec un rond doré au milieu et autour. Geoffroy nous a montré comment on faisait pour le remplir, et il nous a dit :

– Et puis, la plume est en or.

Là, on s'est tous mis à rigoler. C'est vrai, il est très menteur, Geoffroy, il dit n'importe quoi. Mais Geoffroy n'a pas aimé qu'on rigole.

– Regardez, il a dit en nous montrant la plume. Elle est jaune et elle brille, c'est pas de l'or, ça ?

– Ben, ça veut rien dire, a dit Rufus, ma maman a donné à mon papa une cravate jaune et qui brille, et pourtant elle n'est pas en or. Même que ça fait des histoires avec maman, parce que papa ne veut pas la porter, la cravate. C'est dommage, parce qu'elle est chouette, la cravate de mon papa.

– Tu nous embêtes avec la cravate de ton papa, a dit Geoffroy. Ma plume, elle, elle est en or !

– Montre voir, a demandé Joachim, qui a tendu la main pour prendre le stylo ; mais Geoffroy n'a pas voulu le lui donner.

– Si tu veux un stylo, a dit Geoffroy, tu n'as qu'à demander à ton papa de t'en offrir un.

– Qu'est-ce que tu as dit de mon papa à moi ? a demandé Rufus. Répète un peu.

Geoffroy a regardé Rufus tout surpris.

– Ton papa ? Je ne sais pas ce que j'ai dit de ton papa.

– Tu sais bien, lui a expliqué Rufus, pour le coup de la cravate…

– Ah ! Oui ! a dit Geoffroy, j'ai dit que tu nous embêtes avec la cravate de ton papa.

Alors, Rufus a donné une gifle à Geoffroy, et Geoffroy, s'il y a une chose qu'il n'aime pas, c'est qu'on lui donne des gifles.

– Si tu veux, a dit Alceste, je te tiendrai le stylo, pendant que tu te bats avec Rufus.

Alors, Geoffroy a donné le stylo à Alceste et il est allé se donner des claques avec Rufus qui l'attendait.

Alceste a dévissé le stylo pour voir la plume et Joachim lui a dit :

– Donne voir un peu.

– Si tu veux un stylo, lui a dit Alceste, t'as qu'à faire comme t'a dit Geoffroy : demande à ton papa de t'en offrir un.

Joachim a voulu prendre quand même le stylo, et

Alceste, qui ne s'y attendait pas et qui a toujours les
doigts pleins de beurre à cause des tartines, a lâché
le stylo, qui est tombé par terre, la plume en avant,
bing ! Il ne faut jamais donner à Alceste des choses
qui glissent facilement.

– Mon stylo ! a crié Geoffroy, qui est arrivé en
courant.

– Ben quoi, a dit Rufus, tu me laisses tomber,
alors ?

Mais Geoffroy ne l'écoutait pas ; il est allé vers
Alceste et il l'a poussé.

– Pourquoi t'as jeté mon stylo par terre, imbécile ? il a crié, Geoffroy.

Alceste, il s'est drôlement fâché et il a donné un
grand coup de pied au stylo.

– Voilà ce que j'en fais de ton sale stylo !

Le stylo est arrivé devant Maixent, qui me l'a
envoyé.

– Une passe ! Une passe ! a crié Eudes.

Moi, j'ai passé à Eudes, une passe assez longue, et
Rufus est venu vers moi tout fâché en criant :

– Ça vaut pas ! T'étais hors jeu !

Moi, ça m'a fait rigoler, ça ; avec Rufus, c'est toujours la même chose ; comme il joue mal au foot, il dit que ce sont les autres qui font des fautes. Mais on n'a pas pu discuter, parce que Geoffroy criait tellement que ça n'a pas raté : le Bouillon est venu en courant. Qu'il est bête, Geoffroy !

Le Bouillon, c'est notre surveillant, et avec lui, il ne faut pas rigoler.

– Qu'est-ce qui se passe ici ? il a demandé.

– Ce sont des méchants et des jaloux ! a crié Geoffroy qui avait l'air vraiment très fâché. Tout ça, c'est parce qu'ils n'ont pas de plume en or, eux !

– Toi non plus ! Menteur ! a crié Rufus.

– Répète un peu qu'elle n'est pas en or ma plume ! a crié Geoffroy.

Le Bouillon, il nous regardait avec des yeux, comme s'il était étonné, et puis il a crié : « Silence ! » Alors plus personne n'a rien dit, parce qu'avec le Bouillon, si on ne lui obéit pas, ça fait des histoires.

– Bon, a dit le Bouillon. Regardez-moi dans les yeux, vous tous. J'en ai assez de vous voir vous conduire comme des sauvages et de vous entendre raconter des absurdités. Vous, Geoffroy, calmez-vous et expliquez-moi ce qui se passe.

Alors, Geoffroy lui a raconté le coup du stylo, il a encore dit que nous étions des jaloux, parce que nos papas ne nous donneraient jamais des stylos aussi chouettes que le sien pour nous encourager, et que c'était bien fait pour nous, et que la plume du stylo était vraiment en or, et que son stylo était le plus beau stylo de l'école, et le Bouillon a dit que ça va comme ça, du calme, et qu'on rende immédiatement le stylo à notre camarade, et que nous devrions avoir honte d'agir comme ça, mauvaise graine.

– Tiens, Geoffroy, a dit Joachim, le voilà, ton stylo.

Geoffroy allait prendre le stylo, mais le Bouillon a dit :

– Non. C'est moi qui le prends ce stylo. Je le confisque jusqu'à la sortie. D'ailleurs, il sera mieux dans ma poche qu'entre vos mains, petits vandales !

Alors, Joachim a donné le stylo au Bouillon, et puis le Bouillon a regardé ses doigts et ils étaient pleins d'encre. Il est resté un moment à réfléchir, et puis il a dit :

– Tout compte fait, Geoffroy, je vous rends votre stylo ; mais promettez-moi d'être sage.

– Si vous voulez, a dit Geoffroy, vous pouvez le garder jusqu'à la sortie, le stylo : c'est pas une mauvaise idée, parce que…

– Geoffroy ! Reprenez votre stylo ! a crié le Bouillon.

Alors, Geoffroy a repris le stylo, et comme il était plein d'encre, il l'a bien essuyé sur sa manche, parce qu'on dira ce qu'on voudra de Geoffroy, mais il est très, très soigneux. Et après, il nous a boudés jusqu'à ce que le Bouillon ait fini de se laver les mains et ait sonné l'heure de rentrer en classe.

La maîtresse nous a dit de prendre nos cahiers, parce qu'elle allait nous faire une dictée. Alors, Geoffroy, tout fier, il a pris son stylo, et là, on a été tous bien étonnés. Parce que, vous ne le croirez peut-être pas, mais le fameux stylo de Geoffroy, il avait beau avoir une plume en or, et tout et tout, il n'écrivait pas !

Comme nous a dit Geoffroy en sortant de la classe : « Les choses qu'on achète maintenant, c'est toujours comme ça : dès qu'on y touche, ça casse. »

Barbe-Rouge

Alceste est venu jouer à la maison aujourd'hui, et c'est très chouette, parce qu'Alceste est un copain, et on s'entend bien tous les deux. Il est arrivé avec un ballon de foot dans les bras et deux tartines à la confiture dans les poches ; il aime bien manger, Alceste, et il ne sort jamais sans provisions.

– Jouez dans le jardin gentiment, nous a dit maman, et ne faites pas trop de bruit, parce que papa est fatigué et il veut se reposer.

– D'accord, a dit Alceste, on va jouer au foot et on va tâcher de ne pas crier, sauf si Nicolas triche.

– Non, non, non ! Pas de football, vous allez encore me casser un carreau ; trouvez un autre jeu, quelque chose de calme, a dit maman, et elle est partie.

– Ben alors, a dit Alceste, si on peut pas jouer au foot, à quoi on va jouer ?

– Si on jouait aux pirates ? j'ai dit.

– Aux pirates ? Et on joue comment, aux pirates ? m'a demandé Alceste.

Alors, moi, je lui ai dit qu'on jouerait à Barbe-Rouge, qui est une histoire très chouette qu'on lit dans un journal, et où il y a des pirates, et leur chef a une barbe toute rouge et c'est pour ça qu'on l'appelle Barbe-Rouge, et il se bat tout le temps avec des tas d'ennemis, mais c'est pas grave, parce que c'est toujours lui qui gagne, et il crie chaque fois des choses comme : « Ho hisse, les garçons ! » et « Carguez les voiles ! », et il a un équipage drôlement fidèle qui prend toujours à l'abordage les bateaux des autres, et ils ont l'air de bien s'amuser en le faisant, et les autres ne sont pas contents, mais c'est bien fait pour eux, parce que c'est des méchants, et Alceste m'a dit que c'était une chouette idée de jouer aux pirates.

– Mais le bateau ? il m'a demandé, Alceste, il serait où, le bateau ?

Moi je lui ai dit que le bateau ce serait tout autour de l'arbre du jardin ; l'arbre ce serait le mât où on met les voiles et où on pend les ennemis ; et puis le bateau s'appellerait le *Faucon-Noir*, comme dans le journal. Pour les canons, comme on n'en avait pas, on prendrait le ballon de foot et on ferait comme si c'était un canon : boum, boum.

– On n'est pas assez nombreux pour jouer aux pirates comme dans le journal, a dit Alceste, il manque les copains pour faire les équipages fidèles.

Alors, moi, je lui ai expliqué qu'on ferait comme si, et que c'était mieux que nous ne soyons pas trop nombreux, sinon tout le monde voudrait être capitaine, et, au lieu de nous amuser gentiment sans faire de bruit, nous serions là à nous battre et ça réveillerait papa, qui ne serait pas content, et Alceste m'a dit que j'avais raison et dès qu'il finirait de manger sa deuxième tartine à la confiture, on pourrait commencer à jouer.

Quand Alceste a eu fini de manger ses tartines et la confiture qui était restée au fond de ses poches, je lui ai dit :

– Bon. Alors, moi, je serais habillé avec un chapeau noir qui fait des pointes, une grande veste, une grosse ceinture, j'aurais une épée et des bottes qui montent jusque-là. Et puis, j'aurais une grande barbe rouge, et toi tu serais habillé comme tu veux, mais tu aurais une épée aussi, tchaf, tchaf, tchaf, et tu essaierais de prendre mon bateau à l'abordage, et moi je crierais à mon fidèle équipage que « Ho hisse, garçons », et qu'ils carguent les voiles. On y va ?

Mais Alceste n'a pas bougé. Il a mis les mains dans ses poches comme s'il cherchait encore de la confiture, et il m'a demandé :

– Et pourquoi tu aurais une barbe rouge ?

— Ben, j'ai dit, parce que je serais Barbe-Rouge, le chef des pirates, voilà pourquoi.

— T'es pas un peu fou ? a dit Alceste. Pourquoi ce serait toi, Barbe-Rouge, et pas moi ?

— Toi, Barbe-Rouge ? j'ai dit, ne me fais pas rigoler ! Et je me suis mis à rigoler, et ça, ça ne lui a pas plu, à Alceste, qui a dit que s'il n'était pas Barbe-Rouge, il ne jouerait pas aux pirates avec moi, et qu'il préférait ne plus jamais me parler de sa vie.

Ce que je n'aime pas chez les copains, c'est qu'ils ne savent pas jouer, c'est vrai quoi, à la fin !

— C'est mon jardin, ici, j'ai dit à Alceste, et Barbe-Rouge, c'est moi. Et si tu ne veux pas jouer, eh bien tant pis, je jouerai tout seul !

Et je me suis mis à crier : « Ho hisse, les garçons !

Carguez les voiles ! », et je courais autour de l'arbre en faisant semblant de m'amuser, pour montrer à Alceste qu'il est bête ! Il s'est mis à courir, lui aussi, et il se retournait pour crier :

— Ho hisse, fidèle équipage ! Moi, Barbe-Rouge, je vous conduis à l'abordage ! Carguez les voiles ! Tchaf, tchaf, tchaf !

— Ça vaut pas ! Ça vaut pas ! j'ai crié, t'es pas Barbe-Rouge, et t'as pas le droit de venir sur mon bateau !

— Ah non ? il a dit, Alceste, eh ben voilà ce que j'en fais de ton bateau !

Et Alceste a donné un grand coup de pied dans l'arbre, alors, moi, je lui ai donné une gifle et j'ai eu la main pleine de confiture. Alors, nous nous sommes battus et Alceste criait : « C'est pas toi qui as la barbe rouge ! C'est pas toi celui qui a la barbe rouge ! Celui qui a la barbe rouge, c'est moi ! » Il rigolait pas, Alceste. Depuis la dernière fois où quelqu'un a marché sur un de ses sandwiches, à la récré, je ne l'avais pas vu aussi fâché.

Et puis, papa est arrivé. Il n'était pas content, lui non plus.

— Voulez-vous arrêter immédiatement ? Garnements ! il a crié, papa. Alors, c'est comme ça que vous jouez gentiment ? On vous entend hurler dans tout le quartier. Qu'est-ce qui vous prend encore ?

— C'est de sa faute, a dit Alceste. Il a dit que celui qui a la barbe rouge, c'est lui, et c'est pas vrai !

— Parfaitement, c'est vrai, j'ai crié. C'est moi qui ai la barbe rouge !

— Tu profites parce que ton papa est là, a dit Alceste. Sinon, on verrait bien lequel des deux a la barbe rouge !

— Eh bien, si ça te plaît pas, j'ai dit, t'as qu'à partir de mon bateau, toi et ton sale équipage !

— Très bien, a dit Alceste, nous partons et nous ne viendrons plus jamais dans ton bateau minable !

Et Alceste a commencé à partir, et puis il est revenu, il a ramassé son ballon de football, et il a dit : « J'emporte mon canon, non mais sans blague ! », et il est sorti du jardin, et moi je lui ai crié que j'étais bien content, que jamais plus je ne le laisserais monter sur le *Faucon-Noir*, que son canon, je n'en avais pas besoin, et que nous étions fâchés pour toujours. Et puis, comme je n'avais plus personne avec qui jouer, je suis rentré dans la maison. Papa, lui, est resté longtemps près de l'arbre du jardin, en ouvrant des yeux tout ronds. Et après, il est venu dans la maison, et il a demandé à maman qu'elle lui donne des aspirines.

Je le trouve tout drôle, papa, ces derniers temps.

Comme me l'a dit Alceste le lendemain, quand je suis allé chez lui : « Les grandes personnes, elles sont difficiles à comprendre. »

Seul !

À la maison, nous étions tous très embêtés ; nous devions partir demain matin chez mémé, qui habite très très loin, pour y passer trois jours, et tante Dorothée a téléphoné pour dire qu'elle était malade et qu'elle voulait que papa et maman aillent la voir. Tante Dorothée aussi habite très loin. De la famille, il n'y a que papa et maman et moi qui n'habitons pas loin.

– Qu'est-ce que nous allons faire ? a dit maman. Maman se faisait une telle fête de nous voir… Surtout Nicolas…

– Eh bien, a dit papa, tu n'as qu'à prévenir Dorothée que nous ne pourrons pas aller chez elle. Après tout, une grippe, ce n'est pas tellement grave. Parce qu'elle parle de pneumonie, mais je connais Dorothée, c'est une grippe.

– Mais nous ne pouvons pas faire ça, a dit maman. Moi aussi je connais Dorothée ; si nous n'y allons pas, ça va faire un drame. Et puis, elle est toute seule, la pauvre…

– Mais non, elle n'est pas seule ! a crié papa. Elle a des amies, Dorothée. D'ailleurs, entre nous, je me suis toujours demandé comment elle pouvait avoir des amies, avec son caractère !

– Ce n'est pas le moment de nous disputer au sujet de la famille, a dit maman. Le fait est que nous ne pouvons pas refuser d'aller chez Dorothée.

– Eh bien, allons chez Dorothée, a dit papa. Tu sais, moi, aller chez Dorothée ou chez ta mère…

– Oh, ça, je sais, a dit maman. Si ton frère Eugène t'appelait, tu irais, même s'il fallait que tu te traînes sur les genoux pendant des kilomètres ; mais la question n'est pas là… Qu'allons-nous faire de Nicolas ? Nous ne pouvons pas l'emmener chez Dorothée. D'abord, ce ne serait pas amusant pour lui, ensuite, tu sais comment est Dorothée, surtout quand elle est malade ; elle ne supporte pas le moindre bruit, et elle n'a aucune patience avec les enfants. Et nous ne pouvons pas laisser Nicolas à la maison tout seul… À qui le confier ? Ah, si tu ne t'étais pas fâché avec Blédurt… Peut-être que si j'allais lui demander…

– Demander un service à Blédurt ? a crié papa. Jamais de la vie ! C'est à lui de venir me demander pardon ! Sans blague !

Maman a fait un soupir, papa s'est frotté le menton, il m'a regardé, il a regardé maman, et puis il a dit :

– J'ai bien une idée, mais il faut que Nicolas soit d'accord.

– Quelle idée ? nous avons demandé, maman et moi.

– Eh bien voilà, a dit papa. Nicolas pourrait aller seul chez ta mère.

– Seul, a crié maman… Comment, seul ?

– C'est très simple, a expliqué papa. Demain matin, nous le mettons dans le train, je parle au contrôleur pour qu'il s'occupe de lui, et nous prévenons ta mère pour qu'elle aille le chercher à l'arrivée. Il n'y a pas à changer, c'est direct, et puis Nicolas est un grand garçon, n'est-ce pas, Nicolas ?

– Oh oui ! j'ai crié.

– Mais c'est de la folie ! a crié maman.

– Oh oui, dis, maman, oh oui, s'il te plaît ! j'ai crié.

– Non, non et non ! a dit maman.

– Alors je ne sais pas ce que nous allons faire, a dit papa.

– Oh oui, oh oui ! j'ai crié. Je veux aller seul chez mémé ! Je veux aller seul chez mémé !

Et puis je me suis mis à courir dans le salon, et je pensais que ce serait drôlement chouette de raconter aux copains de l'école que j'avais pris le train tout seul. Ils en feront une tête, tiens !

— Mais il est si petit, a dit maman.

— Non, je ne suis pas petit ! j'ai crié.

— Et puis, a dit papa, n'oublie pas qu'il a déjà voyagé sans nous quand il est allé en colonie de vacances.

— Il n'était pas seul, a dit maman. Il y avait des dizaines d'enfants et des moniteurs pour les surveiller… Et puis, comment allons-nous faire pour le retour ?

— Pour le retour, a dit papa, c'est très facile ; de chez Dorothée, nous irons en voiture chez ta mère chercher Nicolas, et nous reviendrons tous les trois ensemble à la maison.

– Chic ! Chic ! j'ai crié.

J'ai encore couru un coup autour de la petite table où il y a la lampe, et maman a dit que bon, qu'elle allait téléphoner à sa mère, et que si mémé était d'accord, alors, on verrait.

Quand maman a eu mémé au téléphone, elle lui a expliqué l'histoire de Dorothée, et puis elle lui a dit pour moi.

– C'est la seule solution, maman, a dit maman. Nous avons retourné la situation dans tous les sens, et… Mais oui, je sais bien qu'il est petit… Oui… Mais oui…, je sais… Écoute, maman… Tu veux m'écouter ?… Bon. C'est ça, ou rien. Tu as peut-être raison, remarque, mais si tu n'es pas d'accord, nous ne pourrons pas venir, comme promis. Ni nous ni Nicolas…

Moi, j'étais drôlement impatient, et je faisais des tas de gestes avec les mains, et puis je courais autour de maman, et puis maman a dit :

– Bon. Oui, nous le mettrons dans le train de 8 heures 27… Mais oui, nous préviendrons le chef du train… C'est ça… Et nous viendrons le chercher dimanche… Je t'embrasse… Mais oui ! Mais oui !

Maman a raccroché le téléphone, elle m'a regardé, et elle a dit :

– Ta mémé est d'accord, Nicolas ; tu prendras le train tout seul.

Alors, j'ai eu drôlement peur.

Maman a dit qu'il fallait passer à table, parce que demain on allait se lever de bonne heure, et moi je n'avais pas faim du tout, et pendant le dîner, personne ne parlait, et puis après, papa m'a demandé :

– Tu n'as pas peur, au moins ?

Moi, j'ai fait non avec la tête.

– Mais bien sûr, a dit papa. Mon Nicolas est un homme ; un homme ça n'a pas peur. Et puis tu vas voir, tout va très bien se passer ; allons, au dodo, grand voyageur !

En sortant de table, je suis allé vers le téléphone, et maman m'a demandé :

– Qu'est-ce que tu fais, Nicolas ?

– Ben, j'ai dit, je vais téléphoner à Alceste pour lui raconter.

– Laisse ton copain Alceste tranquille, a dit papa en rigolant. Tu lui raconteras tes aventures au retour. Maintenant, va te coucher, parce que demain, tu as une journée fatigante qui t'attend !

Je suis allé me coucher, et j'étais très énervé, et puis j'avais une boule dans la gorge, parce que c'est vrai, partir seul, comme ça, c'est peut-être très bien, mais si on rate la gare où on doit descendre, ou si mémé n'est pas à la gare pour m'attendre, alors là, qu'est-ce que je vais faire, et je n'arrivais pas à m'endormir, et puis la lumière s'est allumée et maman était penchée sur moi, et elle me disait :

– Debout paresseux ! Il est tard. Dépêche-toi si tu ne veux pas rater ton train.

Dans l'auto, en allant à la gare, maman me donnait des tas de conseils ; elle me disait de bien faire attention de descendre à la gare où m'attendait mémé, de ne pas me promener dans les couloirs du train, de ne pas parler avec des inconnus, d'être très prudent en descendant du wagon, et de téléphoner chez Dorothée dès que je serais arrivé chez mémé.

– Mais laisse-le donc tranquille, a dit papa. Il se débrouillera très bien. Pas vrai, Nicolas ?

Moi, j'ai fait oui avec la tête.

À la gare, papa a acheté mon billet, et puis maman m'a fait choisir des illustrés pour lire dans le train. Moi, je serrais très fort la main de papa, et j'avais une boule terrible dans la gorge, et puis, je n'avais plus tellement envie d'aller chez mémé. Sur le quai, il y avait des tas de monde, et puis papa a vu le contrôleur, il est allé lui parler, et puis après, il est revenu avec lui.

– Le voilà, notre passager ? a demandé le contrôleur en rigolant. Eh bien, ne vous inquiétez pas, je m'occupe de lui, et il sera livré à destination sans dommage. Nous sommes habitués.

Le contrôleur m'a passé sa main dans les cheveux, et il s'est retourné pour expliquer à une dame que c'était bien le train de 8 heures 27, mais oui madame, qu'il en était sûr.

– Alors, c'est entendu, Nicolas ? m'a dit maman. N'oublie pas de descendre à la gare de mémé, ne te promène pas dans les couloirs du train, ne parle pas

avec des inconnus, fais bien attention en descendant du wagon, et téléphone-nous chez tante Dorothée, dès que...

– Tu lui as déjà dit tout ça, a dit papa. Montons dans le train, maintenant.

Nous sommes montés dans le wagon, nous sommes arrivés devant un compartiment, et papa a dit que c'était ici, et que j'avais une place à côté de la fenêtre.

– Ce sera très bien, a dit papa. Comme ça, tu pourras regarder passer les vaches.

Papa a mis ma valise dans le filet, maman m'a donné les illustrés, le paquet avec le pain, le chocolat et la banane, elle m'a dit de faire attention de descendre à la gare de mémé, de ne pas parler avec des gens que je ne connaissais pas, d'être très prudent en descendant du wagon, et surtout, surtout, de ne pas oublier de téléphoner chez Dorothée dès que je serais arrivé.

– C'est l'heure, a dit papa. Bon voyage, mon lapin, mon grand garçon.

– Oh ! Écoute, a dit maman. C'est de la folie. Si je parlais moi-même à Blédurt...

– Allons, allons, le train va partir ! a dit papa.

J'avais pas du tout envie de partir. Moi, ce que je voulais, c'était aller chez tante Dorothée avec papa et maman, et puis papa et maman m'ont embrassé des tas de fois, et puis maman m'a donné des tas de conseils que je n'ai pas entendus, et puis papa a pris

maman par le bras, et puis ils sont sortis du compartiment, et puis je les ai vus sur le quai, et puis ils
n'avaient pas l'air de rigoler, même papa qui avait
pourtant un grand sourire sur la bouche, et puis le
train a commencé à marcher, et moi j'avais drôlement envie de pleurer.

Il y avait un tas de gens dans le compartiment,
mais moi je n'osais pas les regarder, et j'avais la
figure vers la fenêtre, et je serrais très fort les illustrés et le paquet avec le pain, le chocolat et la
banane, et j'avais drôlement peur de m'endormir
et de rater la gare de mémé, et puis les gens dans le
compartiment ne disaient rien et ils lisaient des
journaux, et là où j'ai été drôlement content, c'est
quand la porte s'est ouverte, et le contrôleur est
entré pour prendre les billets, et il m'a dit :

– Alors, ça va comme tu veux, mon bonhomme ?
Allons, t'en fais pas ; je viendrai te chercher au
moment de descendre. D'accord ?

Et puis, c'est dommage, le contrôleur est parti, et
j'avais peur qu'il oublie de venir me chercher. Les
gens du compartiment me regardaient, et il y en
avait plusieurs qui faisaient des sourires, surtout une
grosse dame, et moi j'ai regardé par la fenêtre, et il
y avait des fabriques, et des fils de téléphone qui
montaient et qui descendaient tout le temps, et je
demanderai à mémé de me laisser téléphoner à
Alceste après avoir appelé papa et maman chez
tante Dorothée.

Il y a eu d'autres fabriques, et des gares, et des maisons, et des champs, et pendant que personne ne regardait, j'ai jeté sous la banquette le paquet, parce que je n'avais pas faim, et le papier était tout taché et j'avais plein de chocolat sur les mains. Je me suis essuyé avec un illustré, que j'ai jeté aussi sous la banquette, et je me demandais ce que j'allais faire si mémé ne m'attendait pas à la gare, et on a passé sur un pont qui faisait un drôle de bruit, et moi je le connais ce pont, et j'avais bien envie d'aller dans le couloir chercher le contrôleur pour lui dire de ne pas oublier de venir me prévenir que nous arrivions, et puis, chouette, le contrôleur est entré dans le compartiment, et puis il m'a dit :

– Nous y sommes presque, bonhomme ! Je vais descendre ta valise. Ne bouge pas.

Et puis, en tenant ma valise, le contrôleur m'a accompagné jusqu'à la porte du wagon, le train s'est

mis à marcher doucement, nous sommes arrivés à la gare, et là, sur le quai, j'ai vu, oh ! que c'était chouette, mémé qui regardait et qui avait l'air inquiète comme tout.

– Mon lapin ! Mon chou ! Mon chéri ! Mon poussin ! criait mémé en m'embrassant. Comme j'étais inquiète ! Comme je suis fière de toi, mon grand garçon qui voyage tout seul. Ce que tu as dû avoir peur, mon pauvre petit bout de sucre !

– Ben non, j'ai dit.

Et puis nous sommes sortis de la gare, mémé m'a donné la main, et je l'ai aidée à traverser la rue.

La neige

C'était l'heure d'arithmétique, cet après-midi, à l'école, et la maîtresse était en train d'écrire un problème sur le tableau. Quand la maîtresse nous tourne le dos, comme ça, nous on en profite pour parler, pour se passer des petits papiers ou pour faire des grimaces. Et la maîtresse, sans se retourner, elle donne des petits coups avec la craie contre le tableau, en nous disant d'être sages ; mais il faut faire attention, parce que des fois, quand on ne s'y attend pas, elle se retourne d'un coup et celui qu'elle voit en train de faire le guignol, bing ! elle le met en retenue.

On était là, tous occupés à se faire des signes, à écrire des papiers ou à jouer aux autos avec nos plumiers, sauf Clotaire qui dormait et Agnan qui copiait le problème sur son cahier, quand Rufus, qui est assis à côté de la fenêtre, nous a dit tout bas :

— Il neige ! Hé, les gars, il neige ! Faites passer.

– Un peu de silence ! a dit la maîtresse, en tapant avec la craie sur le tableau.

– Hé, Alceste ! Regarde ! Il neige ! j'ai soufflé à Alceste, qui a prévenu Maixent, qui a fait des signes à Joachim, qui a donné un coup de coude à Geoffroy, qui a prévenu Eudes, qui a réveillé Clotaire, qui s'est levé pour aller au tableau parce qu'il croyait qu'on l'interrogeait.

Et la maîtresse s'est retournée d'un coup.

– Vous êtes insupportables ! elle a crié. Dès que j'ai le dos tourné, vous vous dissipez. J'ai bien envie de vous punir tous, pour que vous compreniez une bonne fois que la récréation, ça ne se passe pas ici, mais dans la cour…

Et puis, la maîtresse, qui montrait la fenêtre avec sa craie, a ouvert de grands yeux, et elle a dit :

– Oh ! Il neige !

Alors, nous nous sommes tous levés et nous sommes allés à la fenêtre pour regarder neiger. C'était la première fois qu'il neigeait cette année, et moi, la neige, je trouve ça très chouette ; c'est beaucoup plus rigolo que la pluie, surtout pour faire des boules et des batailles.

– Bon, les enfants, a dit la maîtresse. Ne vous dissipez pas, retournez à vos places, soyez sages, recopiez ce problème et apportez-moi la solution.

– Moi, je l'ai déjà recopié, Mademoiselle ! a crié Agnan, qui ne s'est pas levé pour voir tomber la neige.

Il est fou, Agnan.

Quand nous sommes sortis de l'école, c'était formidable ! Il ne neigeait plus, mais tout était blanc : la rue, les toits, les arbres et les autos.

– On dirait du sucre ! a dit Alceste, et il s'est mis un gros tas de neige dans la bouche.

– Allez-y les gars ! On y va ! a crié Eudes.

Et il s'est baissé, il a ramassé de la neige, il en a fait une boule, et bing ! il l'a jetée sur Geoffroy. Alors, on a tous fait des boules et on a commencé une bataille terrible.

– Attention ! Mes lunettes ! Mes lunettes ! a crié Agnan, qui avait reçu en plein sur le cartable la boule qu'Eudes avait jetée sur Geoffroy ; et il est parti en courant.

Nous, on a continué à jouer, et bien sûr, nos parents n'aiment pas qu'on joue dans la rue ; mais devant l'école ce n'est pas dangereux, parce que les autos font très attention et elles s'arrêtent pour nous laisser passer ; surtout qu'il y a un agent de police, qui est très gentil et qui est un ami du papa de Rufus, qui est un agent de police lui aussi.

– Hé, les gars ! Hé, les gars ! a crié Clotaire. Si on faisait un bonhomme de neige, comme dans les images ?

– Il n'y a pas assez de neige, imbécile ! a crié Maixent.

– Oui, il y en a assez, et je ne suis pas un imbécile ! a crié Clotaire ; mais il n'a pas pu continuer, parce qu'il a reçu une grosse boule de neige en pleine figure, et c'est Joachim qui la lui a envoyée, parce qu'il lance moins fort qu'Eudes, mais il vise mieux.

Après, pendant que Clotaire courait après Joachim et lui jetait de la neige sans même prendre le temps d'en faire des boules, Eudes m'a mis de la neige dans le cou, et c'est drôlement froid. Alceste et Geoffroy étaient l'un en face de l'autre, au milieu de la rue, et ils se jetaient des boules à la figure, et ils étaient rigolos parce qu'ils se baissaient tout le temps ensemble, très vite pour ramasser la neige. Moi, j'avais mis plein de neige dans mes poches pour courir après Eudes, quand un monsieur qui était arrêté avec son auto a dit à l'agent de police :

— Dites, c'est pas un peu fini, cette plaisanterie ? Je suis pressé, moi !

— Allez, les enfants, nous a dit l'agent de police. Rentrez chez vous, il se fait tard. Rufus, tu diras à ton père que c'est d'accord pour la belote.

Alors, nous sommes partis, et l'agent a dit au monsieur de l'auto de se ranger contre le trottoir, parce qu'il voulait lui demander des tas de choses sur ses papiers.

On a couru sur les trottoirs et on a continué à se jeter de la neige, et puis je suis arrivé à la maison, je suis entré en courant et j'ai crié :

— Maman, t'as vu ? Il neige !

Maman est sortie de la cuisine en s'essuyant les

mains, et quand elle m'a vu, elle s'est mise à pousser des tas de cris.

– Nicolas ! Dans quel état tu t'es mis ! Mais tu es trempé ! elle a dit. Tu vas encore me faire une bronchite ! Veux-tu aller te changer tout de suite !

– Mais, maman, j'ai dit, c'est pas la peine de me changer, puisque je vais encore jouer dans le jardin, et je vais faire un bonhomme de neige, et c'est très chouette, chouette comme tout !

Mais maman n'a rien voulu savoir. Elle m'a dit qu'elle n'était pas contente parce que j'étais arrivé en retard à la maison, et puis que dehors, il faisait noir, et qu'il faisait froid, et que j'avais des devoirs à faire et que ça lui ferait plaisir que je sois obéissant pour une fois, et que cet enfant la ferait mourir.

J'ai essayé de pleurer un coup, mais maman m'a fait les gros yeux et elle m'a dit d'aller faire mes devoirs. Alors, je suis monté dans ma chambre, je me suis changé, et puis j'ai commencé à faire mon problème. Je me suis dépêché et j'ai fini très vite, j'étais un peu étonné qu'un train puisse faire 327 432,26 kilomètres à l'heure, mais dans les problèmes ils disent n'importe quoi, et puis je suis descendu en courant dans la cuisine.

– Ça y est maman ! j'ai crié. J'ai fini mes devoirs. Je peux sortir faire mon bonhomme de neige, maintenant ?

– Mais tu deviens fou, Nicolas ! a crié maman. Tu ne vas certainement pas sortir par ce froid !

D'ailleurs voilà ton père, et nous allons bientôt passer à table.

– Qu'est-ce qu'il y a encore ? a demandé papa.

– Il y a, a dit maman, que ton fils veut sortir jouer dans le jardin.

– Par ce sale temps ? a dit papa. Mais il devient fou, ton fils ?

– Ce n'est pas un sale temps ! j'ai crié. C'est un temps chouette comme tout ; il y a de la neige et je veux aller y jouer. Et puis je ne suis pas fou !

Papa et maman se sont mis à rigoler. Papa m'a caressé la tête, et il m'a dit :

– Il est vrai que pour les petits garçons, la neige c'est formidable. Moi aussi, j'aimais ça, quand j'avais ton âge. Mais maman a raison, ce n'est pas l'heure d'aller jouer dehors. Alors, tu sais ce qu'on va faire ? Demain matin, avant que tu partes à l'école et que j'aille à mon travail, nous allons faire une bonne bataille de boules de neige dans le jardin.

– C'est promis, promis ? j'ai demandé.

– C'est promis, promis ! a dit papa.

– Promis, promis, promis, a dit maman.

On a tous rigolé et nous sommes allés dîner.

Mais, le matin quand je me suis réveillé, j'ai regardé par la fenêtre, et il n'y avait plus de neige. Plus de neige du tout. Rien que de la boue. Alors là, c'était drôlement pas juste ! C'est toujours la même chose ; on promet de la neige pour que je sois sage, et puis après, il n'y en a pas !

Quand je suis entré dans la salle à manger, papa et maman ont cessé de parler, ils m'ont regardé et ils avaient l'air drôlement embêtés. Papa a dit qu'il était en retard et qu'il fallait qu'il parte tout de suite.

Et à midi, maman avait fait un gâteau au chocolat pour le dessert, et papa m'a apporté une chouette auto électrique qui marchait toute seule.

On tourne !

Nous étions dans le jardin, papa et moi, en train de ramasser les feuilles qui étaient tombées de notre arbre. Papa me disait comment il fallait faire, et moi je les ramassais, quand M. Blédurt est venu avec Mme Blédurt et une caméra. M. Blédurt, c'est notre voisin ; Mme Blédurt, c'est sa femme, et la caméra, M. Blédurt nous a dit qu'il venait de l'acheter.

– C'est pas toi qui te paierais une caméra comme ça, hein ? a dit M. Blédurt à papa.

– Si j'en avais envie, je me la paierais, a répondu papa, mais moi, je m'en achèterais une de bonne qualité.

– Tu veux que je te l'envoie en travers de la figure, pour voir si elle est de bonne qualité, ma caméra à trois objectifs ? a demandé M. Blédurt.

– Si vous commencez à vous disputer, je m'en vais, a dit Mme Blédurt.

Et elle est partie.

– Qu'est-ce qui lui prend ? a demandé papa.

– T'occupe pas, a dit M. Blédurt. Nous, on va faire un film avec ma caméra.

– Oh oui, j'ai dit.

C'était une chouette idée, et moi j'aime bien le cinéma.

– Bon, a dit M. Blédurt, ce qu'il faut, c'est qu'on fasse un film comique, vraiment rigolo. Quelque chose de spirituel.

Alors moi, je suis allé dans ma chambre pour chercher le petit chapeau pointu en carton et le nez avec les moustaches et les lunettes, que j'avais gardés de l'anniversaire de Clotaire. Quand je suis revenu dans le jardin, M. Blédurt m'a dit que j'étais très bien déguisé, il a mis un genou par terre, sa caméra devant la figure, et il m'a dit de venir vers lui. On a tous bien rigolé.

– Maintenant, a dit papa, enlève ton nez et fais ta grimace, tu sais, celle avec les joues gonflées.

Alors moi, j'ai fait ma grimace avec les joues gonflées, et puis celle où je me tire les coins de la bouche avec les doigts et je sors la langue. M. Blédurt et papa étaient très contents ; il faut dire que je suis très fort pour les grimaces et j'aime bien quand on me les laisse faire, parce qu'à l'école, par exemple, on ne me laisse pas toujours, surtout en classe.

– Du tonnerre ! a dit M. Blédurt à papa ; maintenant, c'est à ton tour.

— Bon, a dit papa ; alors moi, si tu veux, je vais sortir la voiture du garage et tu me prendras au volant, comme si j'étais en train de conduire.

— Ça ne sera pas rigolo, ça, a dit M. Blédurt. Retrousse tes pantalons.

Papa a regardé M. Blédurt, et puis il s'est tapé le côté de la tête avec un doigt.

— T'es pas un peu fou, non ? il a demandé, papa.

— Et pourquoi je serais un peu fou ? a dit M. Blédurt.

— Tu ne crois tout de même pas, a dit papa, que je vais faire le guignol dans ton film minable ?

— Oh ! Je comprends, a dit M. Blédurt. Monsieur veut être avantagé, Monsieur veut peut-être son maquilleur ? Monsieur désire sans doute m'indiquer son bon profil ? Monsieur est Jean Marais, peut-être ?

— Je ne sais pas si Monsieur est Jean Marais, a dit

papa, mais si tu continues, Monsieur va te flanquer sa main sur ta grosse figure !

– Que Monsieur essaie ! a dit M. Blédurt.

Et ils allaient commencer à se pousser l'un l'autre, comme ils font souvent pour s'amuser, mais là j'étais embêté, moi : je préférais qu'on continue à faire du cinéma.

– Oh ! Oui, papa, j'ai dit. Retrousse tes pantalons, tu seras rigolo comme tous les comiques qu'on voit au cinéma, dis, papa !

Papa a lâché la chemise de M. Blédurt, il a pensé un peu et puis il a dit qu'il avait, en effet, un certain talent comique et que s'il ne s'était pas marié, il aurait certainement fait une belle carrière de comédien, que déjà, très jeune, il remportait de grands succès sur la scène du patronage Chantecler.

Et puis, papa a retroussé ses pantalons jusqu'au-dessus des genoux et il s'est mis à marcher avec les pieds écartés vers M. Blédurt. Moi, je rigolais tellement qu'il a fallu que je m'assoie dans l'herbe. M. Blédurt riait beaucoup aussi.

– Attends, a dit papa. Nicolas, passe-moi le chapeau en carton et le nez avec les moustaches et les lunettes.

Moi, c'est bien simple : j'en avais mal au ventre ! Il est terrible, papa.

– Et maintenant, a dit M. Blédurt, si Nicolas se mettait avec toi ?

Papa a dit que c'était une bonne idée ; alors je suis

venu près de papa, et papa m'a dit que nous allions loucher et faire des tas de grimaces.

– Fantastique ! a crié M. Blédurt, je n'ai jamais vu quelque chose d'aussi grotesque !

– Chéri, tu ne crois pas que vous seriez mieux à l'intérieur de la maison pour faire ces clowneries absurdes ?

Nous avons cessé de loucher et nous avons vu que c'était maman qui avait parlé. Maman qui rentrait de faire des courses et qui n'avait pas l'air tellement contente.

– Je vous fais remarquer que tous les voisins vous regardent de leurs fenêtres, a encore dit maman. Si ça vous amuse, bravo, mais moi, je ne tiens pas à être ridiculisée.

M. Blédurt, ça l'a beaucoup fait rigoler, ce qu'avait dit maman, mais papa est devenu tout rouge, il a déroulé les jambes de son pantalon, il a enlevé le chapeau pointu en carton et le nez avec les moustaches et les lunettes, et il m'a dit de lâcher ma bouche et de cesser de faire des grimaces. Maman est entrée dans la maison en faisant un gros soupir.

– Bon, a dit papa. Maintenant, je vais te prendre, toi, Blédurt. Il faut que tu sois dans le film, toi aussi.

– Bien sûr, a dit M. Blédurt.

Il a donné la caméra à papa, il est allé vers la haie, il s'est accoudé, il a mis une main dans la poche de son pantalon, il a tourné un peu la tête, il a fait un petit sourire, et il a dit à papa :

– Vas-y.

– Vas-y quoi ? a demandé papa. Il faut que tu fasses quelque chose de drôle. Tiens, pourquoi tu ne mettrais pas ta veste à l'envers et tu marcherais vers moi avec les pieds en dedans ?

– Jamais de la vie ! a dit M. Blédurt. Je suis comme ta femme, moi, je n'ai pas envie de me ridiculiser.

– Elle est forte, celle-là ! a crié papa. Puisque c'est comme ça, tu peux aller te rhabiller, je ne te prends pas en film !

– Eh bien ! Dans ce cas, a dit M. Blédurt, je ne te laisserai jamais voir le film. Mauvais joueur !

Alors moi, je me suis mis à pleurer et j'ai dit que c'était pas juste à la fin, que je voulais voir le film, et papa a dit :

– Bon, bon, bon, ne pleure plus, on va le filmer, ce sale égoïste.

Et papa a filmé M. Blédurt, qui gardait toujours la tête tournée du même côté, avec le même petit sourire.

Eh bien ! Le film, on ne l'a pas vu. M. Blédurt a dit à papa que la caméra avait un défaut et que la prise de vues était ratée. Mais plus tard, j'ai entendu Mme Blédurt dire à maman qu'elle avait vu le film, qu'il était très rigolo, mais que M. Blédurt n'était pas content du tout, parce qu'il s'était trouvé trop gros.

Et il paraît qu'il est même question que M. Blédurt se fasse arranger le nez.

Une surprise pour mémé

Aujourd'hui, je devais partir avec maman pour passer quelques jours chez la maman de ma maman. J'étais drôlement content, j'aime bien ma grand-mère et puis elle me donne tellement de bonbons et de gâteaux qu'après je suis toujours malade. C'est chouette !

Papa ne pouvait pas venir avec nous, il a trop de travail. Moi je crois que ça ne lui disait pas trop d'aller chez grand-mère. Il faut dire que grand-mère le gronde souvent, elle lui dit qu'il n'a pas bon caractère et que maman a beaucoup de patience avec lui. Papa, il n'aime pas beaucoup qu'on lui dise des choses comme ça.

Papa nous a emmenés à la gare prendre le rapide qui devait nous conduire chez grand-mère. C'est très loin, chez grand-mère, il faut des heures et des heures par le train, c'est pour ça que maman emmène toujours des œufs durs et des bananes pour le voyage. Une fois, nous avions emmené un camembert, mais ça a fait des histoires avec les autres gens qui étaient dans le compartiment et qui se trouvaient mal. C'est pourtant bon le camembert !

Dans l'auto, papa nous faisait des tas de recommandations, il nous disait de ne pas perdre les billets, de faire attention aux valises et aussi il voulait que je sois gentil avec maman et même avec ma grand-mère.

À la gare, papa a pris les deux valises et nous l'avons suivi. Devant l'entrée du quai, papa a demandé à maman de sortir les billets, mais maman ne les avait pas. « Allons bon ! a dit papa, c'est toujours la même chose, c'est incroyable. » Alors moi, j'ai rappelé à papa que c'était lui qui avait les billets. Papa m'a regardé, et puis il s'est souvenu que c'était bien lui qui les avait gardés, les billets, pour que maman ne les perde pas. Alors il a commencé à chercher dans son portefeuille et dans ses poches et il ne les a pas trouvés, les billets.

« Attendez-moi là avec les valises, a dit papa, je vais chercher les billets dans l'auto, ils y sont sûrement ! » Et puis il est parti. Maman et moi, on s'est mis à attendre papa, mais il ne revenait pas. Maman s'énervait un peu, parce que l'heure du départ approchait et c'était le seul rapide de la journée pour aller chez grand-mère. « Va chercher papa, m'a dit maman, et dis-lui de se dépêcher, et, surtout, ne te perds pas dans la foule ! » Alors, maman est restée avec les valises, les œufs durs et les bananes et moi je suis parti en courant pour chercher papa. Je ne me suis pas perdu dans la foule, mais je me suis un peu arrêté devant le magasin où on vendait des illustrés. Il y en avait des tas. J'ai regardé toutes les couvertures pour voir les revues que j'aurais achetées si j'avais eu des sous sur moi et je serais resté encore longtemps, si, heureusement, la dame du magasin ne s'était pas fâchée parce que j'avais décroché des illustrés et que je les feuilletais.

Je suis reparti, mais j'avais passé trop de temps devant les illustrés, parce que papa n'était plus dans l'auto. J'ai regardé de tous les côtés et un agent de police s'est approché et il m'a demandé si j'avais perdu quelque chose. Je lui ai répondu que je cherchais mon papa. « Ça doit être le monsieur furieux qui a tout bousculé dans l'auto, m'a dit l'agent, et qui ensuite a crié : Euh ! Je les avais dans la main, les billets ! » J'ai dit à l'agent que c'était sûrement papa. L'agent m'a raconté que papa était parti en courant vers la gare.

Je suis revenu là où j'avais laissé maman et j'ai trouvé papa avec les valises. « Ah, te voilà ! a crié papa. On se demandait où tu étais passé ! Ta mère est partie te chercher ! » Alors, on a attendu maman qui ne revenait pas. Je n'ai pas osé dire à papa qu'on pourrait aller voir du côté du magasin aux illustrés. « Si tu veux, j'ai dit à papa, je vais rester ici avec les valises et toi tu iras chercher maman. » Mais papa n'était pas d'accord. Il a dit que ça pouvait durer longtemps ce manège et que dans la foule on finirait par se perdre pour de bon et que c'était une chance pour nous qu'il soit là, parce que nous étions des têtes en l'air. Comme il ne semblait pas content du tout, papa, je n'ai rien dit. Et puis on a vu maman qui arrivait vers nous. « Viens, Nicolas ! » a dit papa en prenant les valises. « Alors, a dit une voix, on ne se gêne plus ? On vole les valises au nez et à la barbe des gens ? » Papa s'est retourné et il a vu un gros monsieur avec une grosse moustache, qui le regardait avec des gros yeux. Papa a vu aussi qu'il s'était trompé de valise et qu'il en avait pris une qui devait appartenir au gros monsieur. « Excusez-moi, a dit papa en déposant la valise, une erreur. » Et puis il a ri. Mais le gros monsieur n'a pas ri : « On dit ça » il a dit.

— Vous ne croyez tout de même pas que je voulais vous la voler, votre sale valise ? a dit papa.

— Ma sale valise, je vais vous l'envoyer sur la figure, a répondu le monsieur.

— Ah oui ? Ah oui ? Ah oui ? il a demandé, papa.

Mais maman est arrivée et elle a dit à papa que ce n'était pas le moment de faire la conversation avec des amis, que le train allait bientôt partir. Le gros monsieur a pris sa valise et il est parti de son côté en disant des tas de choses dans sa grosse moustache.

Après que papa ait montré les billets, nous sommes entrés sur le quai, et là, maman s'est aperçue que papa n'avait plus qu'une seule valise au lieu de deux. « Je vais la chercher, j'ai dit à papa, tu l'as laissée au moment où tu parlais avec le gros monsieur. » Je suis sorti du quai en courant, mais je n'ai plus trouvé la valise. C'est dommage, c'était celle où il y avait les œufs durs et les bananes.

J'étais en train de regarder partout, quand papa est venu me chercher. Il m'a pris par la main et il n'était pas content. « Je te défends de partir comme ça, il m'a dit. Tant pis pour la valise, tu vas finir par rater le train ! » Nous sommes revenus devant l'entrée du quai. L'employé nous a demandé les billets. Papa a montré mon billet, mais quand nous allions entrer, l'employé a arrêté papa en lui mettant la main sur la poitrine. « Votre billet » il a dit.

– J'avais un ticket de quai, a expliqué papa, je vous l'ai donné et vous l'avez gardé.

– Nous gardons toujours les tickets de quai, a dit l'employé, c'est le règlement, mais je ne me souviens pas d'avoir gardé le vôtre, d'ailleurs, vous ne pouvez pas entrer sans ticket de quai, c'est le règlement !

J'ai proposé à papa d'aller le lui chercher, son ticket de quai, s'il me donnait des sous pour l'acheter, mais papa m'a dit d'entrer sur le quai rejoindre maman et de l'attendre là sans bouger. Et il ne rigolait pas !

Nous avons attendu avec maman à côté du train. « Mais qu'est-ce qu'il fait, disait maman, mais qu'est-ce qu'il fait ? » Enfin, papa est arrivé essoufflé. « C'est quelque chose de vous faire voyager, a dit papa. Qu'est-ce que vous feriez si je n'étais pas là ? »

Nous sommes montés dans le train. Il y avait un tas de monde. Papa est monté avec nous pour nous trouver des places et installer la valise qui nous restait, celle où il n'y avait pas les œufs durs et les bananes. Moi, je courais dans le couloir devant papa et je regardais dans les compartiments. J'ai enfin trouvé et j'ai dit à papa : « Là, il y a deux places ! » Papa a hésité parce que dans le compartiment il y avait le gros monsieur avec la grosse moustache. Papa est tout de même entré dans le compartiment et pendant qu'il essayait de mettre la valise dans le filet, j'ai demandé à maman comment on allait faire pour manger, puisqu'on avait perdu les œufs durs et les bananes. Maman a dit que j'avais raison et elle a décidé de descendre sur le quai pour acheter des sandwiches.

Je suis resté dans le couloir à attendre maman, pendant que papa rangeait les choses qui étaient tombées sur le gros monsieur quand la valise s'est ouverte. Et puis, je me suis demandé si maman penserait à m'acheter des sandwiches au saucisson, j'aime mieux ça que le jambon, c'est plus amusant à manger à cause des petites peaux.

Je me suis dit que maman risquait de ne pas y penser, alors je suis descendu du train et j'ai trouvé maman devant une carriole où on vendait des choses à manger et à boire. J'ai bien fait de descendre, parce que maman avait acheté des sandwiches au jambon et au fromage et pas de saucisson du tout. J'ai dit à maman de changer les sandwiches et maman a demandé au marchand si c'était possible. Le marchand n'était pas très gentil. Il a dit qu'il ne savait même pas s'il pourrait changer le billet de dix mille francs que maman lui avait donné pour payer les quatre sandwiches et qu'il se

faisait tard. Alors maman lui a dit qu'il devait servir les clients et leur changer tout ce qu'ils voulaient et puis le train est parti.

Du quai, nous avons vu papa qui avait sorti la tête par la fenêtre du compartiment. Il criait des choses, mais le train allait trop vite pour que nous puissions l'entendre. À côté de papa, il y avait le gros monsieur à la grosse moustache qui riait. C'est grand-mère qui sera surprise de voir papa !

Les invités

Moi, j'aime bien quand mon papa et ma maman ont des invités le soir après le dîner. D'abord, parce que comme ça, ils ne sortent pas de la maison, et puis aussi, parce que le lendemain matin, il reste des gâteaux, mais pas souvent ceux au chocolat.

Ce qui me plaît moins, c'est que quand il y a des invités, on me fait coucher de bonne heure, et ce soir, ça n'a pas raté.

– Au lit, m'a dit maman, et sois sage.

– Parce que sinon, a dit papa, tu auras affaire à moi.

Je ne sais pas ce qu'ils ont, papa et maman, moi je suis toujours très sage.

Quand je me suis couché, maman m'a embrassé et elle m'a dit de faire un gros dodo et de ne me lever sous aucun prétexte, alors moi, comme je fais toujours, j'ai demandé si je pouvais lire, et maman a dit bon, jusqu'à ce que les invités arrivent. J'ai pris le livre, celui-là où il y a des tas d'Indiens avec des haches, des plumes et qui vivent dans des tentes comme sur la plage en été, ça doit être drôlement chouette. Et puis, j'ai entendu qu'on a sonné à la porte, et en bas, tout le monde s'est mis à crier et à rigoler, et puis maman est entrée dans ma chambre et elle était avec Mme Laflamme. Mme Laflamme, c'est une grosse, avec elle, je crois que les gâteaux pour demain matin, c'est fichu, mais elle est drôlement gentille.

– Oh ! elle a dit, Mme Laflamme, comme si elle était tout étonnée de me trouver là, mais c'est Nicolas ! Comme il est mignon, on en mangerait !

Et Mme Laflamme s'est baissée sur moi et elle m'a embrassé des tas de fois, et moi j'aime pas trop ça.

– Et maintenant, a dit maman, Nicolas va faire un gros dodo, il ne va pas se lever ni faire du bruit, n'est-ce pas ?

Moi, j'ai dit que oui, alors Mme Laflamme m'a encore embrassé un coup, elle a dit que j'étais trop gentil, un vrai poulet, et puis elle est partie avec maman.

Ce qui est embêtant, c'est qu'avec la porte et la fenêtre fermées, il faisait drôlement chaud dans ma chambre. Alors, j'ai appelé : « Maman ! Maman ! Maman ! » Comme ça jusqu'à ce que maman vienne. Et maman est venue, pas trop contente et quand je lui ai demandé d'ouvrir la fenêtre, elle a fait les gros yeux et elle m'a demandé si je n'aurais pas pu l'ouvrir moi-même. J'ai dit que oui, mais qu'on m'avait défendu de me lever.

– Nicolas, m'a dit maman, si tu m'appelles encore une fois, c'est papa qui viendra, et il ne sera pas content ! Que je ne t'entende plus. Fais dodo !

Maman a ouvert la fenêtre, elle est sortie et j'ai eu soif.

Quand j'ai soif la nuit, c'est terrible et je pense à des tas de choses qui se boivent. En général, j'appelle papa, et il vient assez vite, sauf quand il dort. Maintenant, il est habitué et quand je l'appelle, il arrive déjà avec un verre d'eau à la main. Mais là, après ce que m'avait dit maman, j'ai pensé qu'il valait mieux ne pas appeler et aller à la cuisine moi-même, sans déranger personne.

J'ai descendu l'escalier, je suis passé dans le salon où ils étaient en train de jouer aux cartes et je suis allé dans la cuisine où j'ai trouvé maman. « Nicolas ! elle a crié maman, qu'est-ce que tu fais ici ? » Elle a crié tellement fort, maman, qu'elle m'a fait peur et je me suis mis à pleurer. « Et pieds nus par-dessus le marché ! a dit maman. Cet enfant va encore me faire une angine ! » Mme Laflamme est venue en courant. « Mais, c'est Nicolas ! », elle a dit et elle m'a pris dans ses bras, elle m'a demandé si j'avais un gros gros chagrin, je lui ai dit que non, que j'avais soif et elle m'a embrassé. Maman m'a donné un verre d'eau et je l'ai bu en regardant les gâteaux qui étaient sur la glacière.

— Tu aimes les gâteaux, mon chou ? a demandé Mme Laflamme.

— Oh oui, madame, j'ai dit, surtout le gros, là, avec le chocolat et la crème.

Mme Laflamme s'est mise à rigoler, elle a dit que nous avions les mêmes goûts et elle a demandé à maman si je pouvais l'avoir, ce gâteau.

— Non, a dit maman, quand il mange à cette heure-ci, il a des cauchemars.

— Allons, ce soir ce sera différent, pas vrai Nicolas ? a dit Mme Laflamme.

Moi j'ai dit que bien sûr et maman allait dire quelque chose, mais papa a crié du salon : « Alors, qu'est-ce que vous faites ? On joue ou on ne joue pas ? »

— On arrive ! a crié maman qui m'a dit de prendre le gâteau et de monter me coucher.

Dans ma chambre, j'ai mangé mon gâteau, qui était très chouette, moi j'aime bien manger avant et après les repas, je suis allé me laver les mains, parce que j'avais du chocolat et de la crème partout, et puis je suis retourné me coucher ; mais, comme je ne me rappelais plus si j'avais bien fermé le robinet, je me suis levé de nouveau, j'ai vu que je l'avais bien fermé et en revenant, dans le couloir, j'ai rencontré M. Laflamme, qui est le mari de Mme Laflamme. « Mais, c'est Nicolas ! », il a fait. Youplà ! Il m'a pris dans ses bras et il m'a emmené dans le salon.

– Devinez ce que je vous amène ? a dit M. Laflamme.

Papa et maman se sont levés ensemble, d'un seul coup.

– Nicolas ! a dit papa, tout fâché, où l'avez-vous trouvé ?

– Mais, mais, euh, a dit M. Laflamme, là, dans la maison.

– Qu'il est chou, ce poussin, a dit Mme Laflamme, moi je sais ce qu'il veut, il veut encore un gâteau, pas vrai ?

Et elle m'a donné un gâteau rose avec de la crème dedans, très bon.

Papa m'a pris des bras de M. Laflamme. « Au lit ! », il a dit papa. Et il ne rigolait pas.

Les Indiens couraient après moi sur la plage et là ils voulaient me faire du mal avec leurs haches, surtout un gros plein de plumes qui me secouait et moi je pleurais et je criais et je me suis réveillé et j'ai vu papa qui était en pyjama. « Bien sûr, avec tous les gâteaux que tu as ingurgités, ça devait arriver », il a dit papa, et moi je lui ai demandé si je pouvais aller coucher avec lui et maman parce que j'avais peur des Indiens. Eh bien, vous savez, c'est bête, mais même dans le lit de papa et maman, j'ai encore eu peur, c'est seulement après que j'ai été malade que j'ai pu dormir.

Moi, je suis d'accord avec maman, quand elle dit que c'est tout un travail de recevoir chez soi. Le lendemain, à la maison, tous les trois, on était drôlement fatigués !

directeur. Quand vous rentrerez chez vous pour déjeuner, vous demanderez à vos parents de prévenir un vitrier pour qu'il vienne réparer cette fenêtre cet après-midi même. Je ne doute pas que vos parents seront ravis de voir la façon dont vous vous occupez, alors qu'ils font des sacrifices pour vous donner une bonne éducation. M. Dubon ! Faites-les aller en classe !

L'après-midi, quand on vu Geoffroy, on lui a demandé si le vitrier allait venir, et si son papa et sa maman l'avaient grondé. Geoffroy a dit que le vitrier allait venir et qu'il n'avait pas été grondé, parce que son papa et sa maman étaient aux sports d'hiver, et que c'était la gouvernante qui s'était occupée de tout.

Et, à la récré, on a vu le vitrier qui travaillait à la fenêtre du bureau du directeur. Il travaillait bien, le vitrier, et il sifflait tout le temps. Et puis le directeur est venu dans la cour, et il a dit à Geoffroy :

– Voyez la conséquence d'un geste brutal et irré-fléchi : vos parents seront obligés de payer pour vous et, sans nul doute, devront se priver par votre faute. Voilà toute la reconnaissance que vous avez pour eux. Faites bien attention, Geoffroy, vous êtes sur la mauvaise pente : celle qui conduit au bagne ! Et ce n'est pas tout ; par votre faute encore, vous dérangez ce brave artisan que vous obligez à travailler et à réparer, par ses efforts, les dégâts que vous avez commis. Avez-vous quelque chose à dire, Geoffroy ?

– M'sieur, a dit Geoffroy, je peux ravoir la balle, hein, dites, M'sieur. Hein ?

Le directeur a regardé Geoffroy avec de grands yeux, il a ouvert et fermé la bouche plusieurs fois, et puis il est parti. Pour la balle, je crois que c'est fichu.

Mais le vitrier, lui, il a été très chouette, et il n'en

a pas voulu du tout à Geoffroy de l'avoir dérangé. Même qu'à la sortie de l'école, il nous attendait, il a donné une balle toute neuve à Geoffroy, et sa carte avec son nom et son adresse à chacun d'entre nous.

Et il est parti en sifflant.

Louis XI (1423-1483)

Le barbecue

Papa est sorti de la voiture tout content et plein de gros paquets. « Ça y est, il a dit, j'ai tout ce qu'il faut. Demain, on fait un barbecue dans le jardin. »

– C'est quoi, un barbecue ? j'ai demandé.

Et maman m'a expliqué que c'est un appareil pour faire de la viande grillée en plein air, pour ceux qui aiment manger leur viande dehors.

– C'est comme un pique-nique ? j'ai demandé.

– À peu près, m'a répondu papa, alors j'ai été très content, parce que moi, j'aime bien les pique-niques.

Le lendemain matin, dans le jardin, papa a commencé à installer son barbecue, en lisant dans un petit livre pour voir comment il fallait faire. Il était rigolo, papa, parce qu'il avait mis un tablier de maman, le rouge avec un tissu chiffonné autour. Maman, elle a apporté la table qui se plie et cinq chaises, parce que papa a invité M. et Mme Blédurt, qui sont nos voisins.

« Je veux que Blédurt voie mon barbecue, avait dit papa, ça le fera bisquer. » Papa et M. Blédurt aiment beaucoup se faire bisquer. Et puis, comme papa s'est pincé les doigts avec son barbecue, maman a demandé s'il voulait qu'on l'aide.

– Non, a dit papa, je n'ai besoin de personne. Tu n'as qu'à mettre la table, préparer la salade et apporter la viande. Toi, Nicolas, va me chercher du bois dans le garage et des vieux journaux dans le grenier. Moi, je vais aller chercher du charbon dans la cave.

Quand nous sommes tous revenus dans le jardin, les Blédurt étaient déjà là.

– Comment, a dit papa, vous êtes seuls ?

– Ben oui ! a répondu M. Blédurt.

– Ah ! a dit papa, ça m'étonne. Je pensais que vous seriez venus avec une bouteille de vin ou un gâteau.

– Je ne savais pas qu'il fallait apporter son manger, a dit M. Blédurt.

– Chéri, a dit Mme Blédurt, tu m'avais promis…

– C'est lui qui a commencé, a dit M. Blédurt.

– Le bois est tout mouillé, j'ai dit.

– Tu vois, chéri, que tu n'aurais pas dû laver ta voiture dans le garage, a dit maman à papa, et M. Blédurt s'est mis à rigoler.

Papa, il a dit que ça ne faisait rien, le coup du bois

mouillé, qu'avec du papier et du charbon, il allait allumer un feu terrible, et puis M. Blédurt a poussé un cri et il s'est mis à rire tellement fort qu'il est devenu tout rouge et qu'il s'est mis à tousser. Quand il a eu un peu fini de rire, papa lui a demandé ce qui lui arrivait.

– C'est ton tablier, a crié M. Blédurt, je n'avais pas remarqué ton tablier ! Ce que tu peux être ridicule, une vraie petite fée du logis !

Et M. Blédurt s'est remis à rire et Mme Blédurt est venue lui parler à voix basse, pendant que papa mettait des tas de papier et de charbon dans le barbecue, en parlant, lui aussi à voix basse, mais tout seul.

– Tu n'arriveras jamais à allumer un feu comme ça, a dit M. Blédurt.

– Quand j'aurai besoin de toi, je sonnerai, a répondu papa, qui je crois, n'avait pas aimé le coup du tablier.

Et puis, papa a cherché dans ses poches, et il a dit :

– T'as des allumettes, Blédurt ?

– On a sonné ? a demandé M. Blédurt.

– Oui, a répondu papa, et ils ont commencé à se pousser l'un l'autre, comme ils font souvent pour rigoler, et maman leur a dit d'arrêter, qu'il commençait à se faire tard et qu'on avait faim.

Pour allumer le feu, ça n'a pas été facile. Le papier, il brûlait très bien, mais le charbon, lui, il n'y avait rien à faire. M. Blédurt lui donnait des tas de conseils à papa, mais papa lui a dit que le barbecue était à lui, et qu'il savait très bien comment il fallait faire, et puis il a soufflé dans le feu, et il a attrapé tout plein de cendres de papier dans la figure. Papa s'est essuyé avec le tablier, mais comme le tablier était sale de charbon, papa avait la figure toute noire, il était rigolo, mais pas content.

– Tu devrais aller te laver, chéri, a dit maman.

– La paix ! a crié papa. Je veux la paix ! La Paix, vous avez compris ? Je veux me détendre en faisant un barbecue, et je veux la paix ! LA PAIX !

Il a crié tellement fort, papa, qu'il m'a fait peur avec sa figure toute noire et ses yeux tout rouges, et je me suis mis à pleurer.

– Ben quoi, qu'est-ce qu'il lui prend ? a demandé papa, qu'est-ce que je lui ai fait ?

Alors maman a dit à papa d'aller se laver la figure et de se calmer. Quand papa est revenu, M. Blédurt avait allumé le feu.

– Et voilà le travail ! a dit M. Blédurt, tout fier.

Papa n'a pas eu l'air content, et je crois qu'il avait envie d'éteindre le feu qu'avait allumé M. Blédurt.

– Je n'aime pas beaucoup que tu touches à mon barbecue, a dit papa, et puis ce feu, il n'est pas si bien allumé que ça, il fume.

Et puis maman a apporté la viande, que papa a mise sur le barbecue, ça sentait très bon, mais il y avait beaucoup de fumée.

— Nous n'allons pas pouvoir rester là avec la table, a dit maman, en toussant, cette fumée est insupportable.

— Non, a répondu papa, et il a poussé un grand cri, et maman l'a emmené dans la salle de bain pour lui mettre de la pommade sur les mains. M. Blédurt avait appuyé sa figure contre l'arbre et on aurait dit qu'il pleurait. Mais il riait.

Quand papa et maman sont revenus, Mme Blédurt a eu l'idée de déménager la table. Papa et M. Blédurt s'y sont mis et tout s'est très bien passé, sauf qu'une des pattes a plié et que tout ce qu'il y avait sur la table est tombé sur l'herbe. Rien ne s'est cassé, mais tout s'est sali, surtout la salade. Maman et Mme Blédurt ont porté toutes les choses à la cuisine pour les laver.

– Dis donc, a dit M. Blédurt, avec tout ça, tu ne surveilles pas ta viande. Ça va être trop cuit.

Papa est allé voir, quand on a entendu un grand cri : « C'est pas un peu fini, non ! » C'était M. Courteplaque, notre autre voisin, qui nous parlait par-dessus la haie du jardin. M. Courteplaque, ce n'est pas un ami de papa, il est toujours fâché.

– Nous sommes asphyxiés par votre sale fumée, je vous somme de cesser immédiatement ce scandale !

Papa est allé vers la haie et il a dit :

– Je suis chez moi, et je ferai autant de fumée qu'il me plaira, et si ça ne vous plaît pas, vous n'avez qu'à plus respirer !

– Je porterai plainte ! a crié M. Courteplaque, j'ai des relations !

– Allez-y, a dit M. Blédurt, mon ami n'a pas peur de vous, allez-y, portez plainte contre lui, appelez la police, mon ami, ça le fait rigoler !

– Euh ! a dit papa, laissons-le, Blédurt, ça ira comme ça.

– Mais non, mon vieux, mais non, a dit M. Blédurt qui avait vraiment l'air d'être en colère, et puis tenez, vous savez ce qu'il vous dit mon ami ? Mon ami…

– Assez, Blédurt ! a crié papa.

Et puis maman s'est mise à crier que la viande était toute brûlée et qu'on ne pourrait pas la manger. Et alors, ça a été chouette, parce que le barbecue, c'est devenu un vrai pique-nique : maman nous a donné des sandwiches, des œufs durs et des bananes, et on est rentrés en courant dans la maison, parce qu'il s'est mis à pleuvoir.

Le réfrigérateur

Jeudi, tout de suite après le déjeuner, quand les hommes ont sorti la glacière du camion, papa s'est mis à crier :

— Blédurt ! Blédurt ! Viens vite !

M. Blédurt, c'est notre voisin, est sorti en courant de sa maison et il était rigolo comme tout parce qu'il avait une serviette attachée autour du cou.

— Qu'est-ce qu'il y a ? a-t-il demandé. Qu'est-ce qui se passe ?

— C'est le nouveau réfrigérateur que j'ai acheté, a expliqué papa. Le grand modèle !

— Et c'est pour ça que tu me déranges au milieu de mon repas ? a demandé M. Blédurt. Tu deviens complètement malade, mon pauvre ami !

— Viens dans la cuisine, a dit papa, tu vas voir quand on va le déballer ; il est formidable ! Énorme !

– Bon, a dit M. Blédurt. Entre dans ton réfrigérateur, remplis-le d'eau, et quand tu seras gelé, je viendrai le voir !

– C'est la jalousie qui te fait parler, a dit papa, mais ça ne fait rien ; ce soir, quand je reviendrai du bureau, je t'offrirai l'apéritif avec autant de cubes de glace que tu voudras !

M. Blédurt a levé les épaules et il est rentré chez lui.

Quand les hommes ont eu fini d'enlever les cartons qu'il y avait autour du réfrigérateur – comme dit papa –, ils nous ont montré comment il fallait le faire marcher, comment mettre les choses dedans et comment sortir les cubes de glace. Et puis, papa est sorti avec les hommes, et il nous a dit, à maman et à moi, qu'il tâcherait de revenir plus tôt que les autres jours.

Ce qui est chouette comme tout, dans le réfrigérateur, c'est qu'il y a une lumière dedans. Maman m'a expliqué que la lumière n'était allumée que quand la porte était ouverte. Et puis elle a rangé les choses dans le réfrigérateur et elle est allée s'habiller pour faire des courses dans les magasins. Pour que je ne reste pas seul à la maison, maman m'avait permis de dire à Alceste de venir jouer avec moi. Alceste, c'est un bon copain de l'école, et avec lui on rigole toujours. Et quand Alceste est arrivé, maman a dit :

– Je rentrerai peut-être un peu tard ; j'ai préparé des

tartines qui sont sur la table de la cuisine. Amusez-vous bien et soyez sages !

Maman m'a embrassé, elle a donné une petite tape sur la joue d'Alceste, elle a essuyé sa main et elle est sortie.

— À quoi on joue ? a demandé Alceste.

— Viens voir mon nouveau réfrigérateur, je lui ai dit.

— Ton quoi ? il m'a demandé.

— Mon nouveau réfrigérateur, je lui ai expliqué. C'est une glacière avec une lumière qui s'allume dedans.

— Comme à la charcuterie ? a dit Alceste.

Et il est venu à la cuisine avec moi. J'ai ouvert la porte du réfrigérateur, ça s'ouvre très facilement, et Alceste a dit :

— Dis donc ! C'est terrible ! Vous en avez des choses à manger !

— T'as vu la lumière ? j'ai dit.

— Oui, et puis les œufs, là, et puis le morceau de gâteau au chocolat ! a dit Alceste.

— Et puis, ce qu'il y a de formidable, je lui ai expliqué, c'est quand on ferme la porte, la lumière s'éteint !

— Et ça, là, a dit Alceste, c'est pas du rôti ?

— Et puis, t'as vu ? j'ai dit, la porte, elle se ferme presque toute seule !

Et j'ai poussé la porte, et clac ! elle s'est refermée, un peu comme les portes de la voiture de papa, sauf

celle qui est de son côté, là où il y a eu l'accident, mais c'est de la faute de l'autre, même si l'agent disait que c'était la faute de papa.

Alceste a voulu essayer la porte et il l'a ouverte. On s'est bien amusés, là ; moi je poussais la porte : clac ! et Alceste l'ouvrait. Et puis Alceste a eu faim et nous avons mangé les tartines que maman nous avait laissées, et puis Alceste m'a dit qu'il avait apporté sa petite auto et qu'on pourrait faire des courses par terre, dans ma chambre. Moi, j'aurais préféré continuer à regarder le réfrigérateur.

Dans ma chambre, on a fait des tas de courses avec les autos, et puis on a fait des accidents avec les livres qu'on a mis sur le tapis ; après, on a mis les

rails du train électrique et on a joué avec la locomotive et le wagon qui me reste, celui qui a encore
toutes les roues. Bien sûr, il ne marche plus à l'élec-
tricité, mon train, depuis la fois où il y a eu la grosse
étincelle quand papa jouait avec lui, mais on pousse
la locomotive avec la main, on fait « Tuuuut, tuuuut »
et « En voiture ! » et on s'amuse bien et Alceste m'a
dit :

— Dis donc, tu ne crois pas qu'on pourrait prendre
un petit bout de gâteau au chocolat qui est dans ton
réfrigérateur ?

Quand nous sommes descendus à la cuisine, on
n'a pas eu besoin de l'ouvrir, le réfrigérateur, parce
que nous l'avions laissé ouvert. Nous avons pris un
petit bout de gâteau chacun, qu'on a coupé propre-

ment avec nos doigts, et j'ai essuyé avec mon mouchoir ce qui était tombé sur le rôti.

Et puis Alceste m'a demandé :

– Comment est-ce qu'on fait pour éteindre la lumière de ton réfrigérateur ?

– Ben, j'ai répondu, on ferme la porte.

– Mais si tu veux avoir la porte ouverte et pas de lumière ? m'a demandé Alceste.

– Ben, je sais pas, moi, j'ai dit. Il doit y avoir un truc.

Nous avons cherché, mais il n'y avait rien à faire ; chaque fois qu'on ouvrait la porte, bing ! la lumière s'allumait, ça devenait énervant. Et puis, j'ai trouvé.

– C'est comme pour le train électrique, j'ai dit, on n'a qu'à enlever la prise !

– Fais voir ! a dit Alceste.

Alors, j'ai enlevé la prise, et alors là, quand j'ai ouvert la porte du réfrigérateur, il n'y avait plus de lumière !

– C'est bien combiné, il a dit, Alceste.

Et puis, on a entendu rentrer maman. Alors, nous avons fermé la porte du réfrigérateur et nous sommes sortis de la cuisine, parce que je sais que maman n'aime pas que j'y joue, surtout avec Alceste.

– Alors, les enfants, vous vous êtes bien amusés ? a demandé maman.

Nous, on a dit que oui, et puis Alceste a dit merci à maman pour les tartines et il a dit qu'il devait rentrer chez lui pour goûter. Il est parti et maman

m'a fait essayer le pull-over qu'elle m'avait acheté et qui était assez bien, sauf pour les manches qui sont trop longues et les petits canards tout autour de la ceinture, et si les copains voient les canards, on va encore se battre. Et puis, je suis retourné jouer dans ma chambre.

C'est quand papa est rentré que je me suis rappelé le coup de la lumière dans le réfrigérateur. J'ai vite couru dans la cuisine, j'ai remis la prise et je suis allé embrasser papa, qui était avec M. Blédurt.

– Ah ! Blédurt, a dit papa. Viens avec moi, je vais te montrer le nouveau système qu'ils ont trouvé pour sortir les cubes de glace.

Mais quand papa a ouvert le réfrigérateur, il n'a pas été content du tout.

– Ça, par exemple ! il a dit, l'eau n'est même pas encore froide et le réfrigérateur marche au maximum ! Et le beurre ! Il est tout mou.

M. Blédurt était appuyé contre l'évier de la cuisine, et il riait tellement fort qu'il a eu le hoquet. Papa a téléphoné au magasin qui lui avait vendu le réfrigérateur et il a beaucoup crié en disant que si demain matin on ne venait pas le lui changer ou le réparer, il ferait un scandale. Il était très fâché, papa.

Et il avait bien raison. Parce que c'est vrai quoi, à la fin, c'est très joli, les petites lumières qui s'allument quand on ouvre la porte, mais s'il ne fait pas de glace, à quoi ça sert un réfrigérateur ? Hein ?

La pétanque

Geoffroy, c'est un copain qui a un papa très riche qui lui achète tout le temps des choses, est arrivé à l'école ce matin avec un gros paquet sous le bras. Nous lui avons demandé ce que c'était, mais Geoffroy, qui aime bien faire le mystérieux – ce qu'il m'énerve celui-là ! –, nous a dit qu'il nous montrerait à la récré, pas avant.

Et à la récré, Geoffroy a ouvert son paquet, et dedans, c'était plein de boules de pétanque. Des boules en bois, bleues, jaunes, rouges et vertes, et bien sûr, un cochonnet. Très chouette !

– Voilà, a dit Geoffroy. On va jouer par équipes de deux. Moi je prends Eudes, et les boules rouges.

– Et pourquoi, je vous prie ? a demandé Rufus.

– Parce que les boules de pétanque sont à moi. C'est pour ça que je prends Eudes, a répondu Geoffroy.

109

– Eudes, ça m'intéresse pas, a dit Rufus. Ce que je veux savoir, c'est pourquoi tu prends les boules rouges, je vous prie ?

Il avait raison Rufus. Eudes est intéressant à prendre quand on joue au foot, par exemple, parce que, comme il est très fort, quand il a le ballon, personne n'ose le lui prendre. Mais, pour la pétanque, ou pour les billes, ce n'est pas la même chose ; là, il vaut mieux quelqu'un qui joue bien comme moi. Mais Eudes, ça ne lui a pas plu ce qu'avait dit Rufus.

– Et un coup de poing sur le nez, il a demandé, Eudes, ça t'intéresse ?

– Elle est bonne, celle-là ! a dit Joachim en rigolant.

Il a cessé de rigoler quand Rufus lui a donné une baffe, mais ils n'ont pas pu se battre vraiment parce que M. Mouchabière est arrivé en courant. M. Mouchabière, je vous en ai déjà parlé une ou deux fois, je crois, c'est un surveillant qui aide le Bouillon qui, lui, est notre vrai surveillant.

– Qu'est-ce qu'il y a encore ? a demandé M. Mouchabière. Vous savez, avec vous je n'irai pas par quatre chemins : à la moindre incartade, tous au piquet !

– Ben, on n'a rien fait, nous, M'sieur, a crié Geoffroy. On allait jouer à la pétanque, c'est tout.

M. Mouchabière a regardé les boules de pétanque, il a regardé Geoffroy, et puis il a regardé les boules de pétanque de nouveau.

– Et qui vous a donné l'autorisation d'apporter un jeu de pétanque à l'école, je vous prie ? a demandé M. Mouchabière.

– Ben quoi, ben quoi, a dit Geoffroy. On ne fait pas de mal avec la pétanque, ben quoi, M'sieur !

M. Mouchabière nous a dit qu'avec nous il avait toujours des ennuis, et qu'il était sûr qu'avec la pétanque il aurait des ennuis, et qu'il ne voulait plus avoir d'ennuis à cause de nous. Et nous, on a crié : « Allez, quoi, M'sieur ! Allez quoi ! » Mais M. Mouchabière faisait non avec le doigt et la tête, et le Bouillon est arrivé.

– Des ennuis, Mouchabière ? il a demandé le Bouillon.

– Pas encore, mais nous en aurons certainement avec cette bande de garnements, a dit M. Mouchabière. Voilà qu'ils veulent jouer à la pétanque, à présent !

– Ah ! Ils veulent jouer à la pétanque ? a dit le Bouillon. Eh bien, laissez-les faire, Mouchabière. Vous savez où me trouver et moi je vous garantis, pétanque ou pas, que cette mauvaise graine ne nous causera pas d'ennuis !

M. Mouchabière a regardé partir le Bouillon, et puis il nous a dit :

– Bon, je vous laisse jouer. Mais vous avez entendu ce qu'a dit M. le Bouil… M. Dubon ! À bon entendeur, salut !

M. Mouchabière est parti s'occuper d'un grand qui battait un moyen, et nous, on a continué à jouer à la pétanque.

– Et pourquoi tu m'as donné une baffe ? a demandé Joachim à Rufus.

– Parce que c'est pas juste que Geoffroy prenne les boules rouges, a répondu Rufus. On n'a qu'à tirer au sort.

Joachim, et nous tous, on était d'accord avec Rufus ; c'est vrai, quoi, à la fin, qu'est-ce qu'il se croit Geoffroy, non mais, sans blague !

– On va pas tirer au sort, a dit Geoffroy. Les boules rouges, c'est pour moi, et si ça vous plaît pas, vous jouez pas et voilà tout. Je jouerai seul avec Eudes, chacun avec une boule rouge.

– Eh bien, c'est ça ! a crié Rufus, vous n'avez qu'à jouer seuls, comme deux imbéciles !

– Moi, je veux bien prendre les bleues, a dit Maixent.

Alors, Alceste et moi on a pris les jaunes, Rufus et Clotaire, les vertes, et Joachim les bleues avec Maixent. Les équipes, on les a choisies sans faire d'histoires, parce que nous savons que la récré est courte et que c'est bête de passer son temps à se disputer au lieu de jouer à la pétanque. Et puis, pour faire plus vite, c'est Eudes qui les a formées, les équipes, alors tout s'est très bien arrangé.

– Bon, le cochonnet, c'est moi qui le lance ! a dit Geoffroy.

– Non, a dit Eudes, c'est moi.

– Mais puisqu'on est de la même équipe ! a dit Geoffroy.

– Si tu veux rester dans mon équipe, a crié Eudes, tu me laisses le cochonnet !

Et il a jeté le cochonnet drôlement loin, comme s'il jouait à la balle au chasseur, et puis il a envoyé sa boule, mais pas assez fort.

– Le cochonnet est trop loin, a dit Eudes.

Il a voulu aller chercher sa boule, mais Clotaire lui a dit que s'il faisait ça, plus personne ne lui parlerait. Eudes a dit que bon, d'accord, ça va, mais qu'on était tous de mauvais joueurs et des minables. Moi je me suis très bien placé, Rufus a joué comme une andouille, mais Maixent, il a mis sa boule presque contre le cochonnet. Terrible !

– Bon, a dit Geoffroy, je vais tirer.

– Non, a dit Eudes, pointe.

– Et où est-ce que je vais pointer avec la boule de cet imbécile qui est contre le cochonnet ? a crié Geoffroy.

– Si tu tires, tu vas rater, a dit Eudes, et on n'a plus de boule. Et si on perd à cause de toi, moi je te donne un coup de poing sur le nez.

– Qui est un imbécile ? a demandé Maixent.

Et il a commencé à se battre avec Geoffroy, et ils se donnaient des tas de gifles et de coups de pied, et puis M. Mouchabière est arrivé en courant, pas content du tout.

– Arrêtez ! Arrêtez tout de suite ! il a crié M. Mouchabière, avec la voix de maman quand je la fais enrager.

– Qu'est-ce qui se passe ? Quel est ce vacarme ? a demandé le Bouillon, qui était arrivé à son tour.

– Je vous avais bien dit que nous aurions des ennuis avec ces sauvages et leur pétanque ! a crié M. Mouchabière.

– Nous n'aurons pas d'ennuis, a dit le Bouillon, mais je voudrais qu'on m'explique ce qu'il se passe pour que je puisse sévir.

– C'est à cause de Geoffroy, a crié Eudes. Je lui dis de pointer et il veut tirer !

– Pointer ? a dit le Bouillon, tout étonné. Mais non, voyons ! Il faut tirer !

– Ah ! Tu as vu ? Tu as vu ? a crié Geoffroy à Eudes.

– Silence, vous deux ! a crié M. Mouchabière. Ce n'est pas pour vous contredire, M. Dubon, mais à mon avis, il serait plus prudent de pointer. C'est trop loin, pour tirer, et avec ces boules en bois… Tenez, moi, pendant les vacances…

– Allons, allons, Mouchabière, a dit le Bouillon, soyons sérieux, quoi ? Vous voyez bien que c'est la seule façon de s'en sortir ! Si on ne tire pas, le point est perdu, c'est évident !

– Elle est impossible à tirer cette boule, a dit M. Mouchabière.

– Je vais vous montrer si elle est impossible, a dit le Bouillon en prenant la boule des mains de Geoffroy.

Mais il n'a rien pu nous montrer du tout, parce que le directeur, qu'on n'avait pas vu arriver, a dit :

– M. Dubon, si vous voulez bien avoir l'obligeance d'aller sonner la fin de la récréation, comme il aurait fallu le faire il y a de cela sept minutes. Je vous attendrai, vous et M. Mouchabière, dans mon bureau, pour continuer la partie.

Et c'est sûrement le directeur qui a gagné, parce qu'à la récré suivante, le Bouillon et M. Mouchabière faisaient des têtes bien ennuyées.

Le miroir

Hier soir, le camion du magasin s'est arrêté devant la maison et deux hommes ont apporté un très grand paquet tout plat.

– C'est le miroir pour le salon, chérie ! a crié papa, qui avait ouvert la porte.

Et maman est arrivée, a regardé le paquet et a dit que, mon Dieu, dans le magasin, la glace n'avait pas l'air aussi grande.

– C'est bien la dimension que nous avons demandée, pourtant, a dit papa en rigolant. Elle sera très bien derrière le canapé. Je vais la poser après le dîner.

– Jamais de la vie ! a crié maman. Une glace de ce prix, tu n'y penses pas ! Tu vas sûrement la casser !

– Dis tout de suite que je suis un maladroit, a répondu papa. Et de toute façon, nous n'avons pas acheté ce miroir pour le laisser par terre. Il faut le poser, et je le poserai.

— Mais chéri, a dit maman, il serait plus prudent de demander à quelqu'un qui a l'habitude… Je sais que tu aimes bricoler, mais enfin…

— Écoute, a dit papa, je sais bien que ce miroir est fragile et qu'il coûte cher, c'est pour ça que ton manque de confiance ne me vexe pas ; mais à qui vas-tu demander de poser cette glace ? Et puis, même si tu trouvais quelqu'un, n'oublie pas que demain c'est dimanche, et qu'au mieux il nous faudrait attendre lundi ou mardi pour la faire poser. Et c'est en restant là, sans être fixée, que la glace risque de glisser et de se casser… La moindre secousse, et crac !

— Attention ! a crié maman.

— Ne crains rien, a dit papa. En tout cas, c'est décidé ; après dîner, je pose cette glace, et on n'en parle plus. D'accord ?

— Bon, mais tu seras prudent, a dit maman, qui avait l'air un peu rassurée.

— Et moi, je vais aider papa, j'ai dit pour la rassurer tout à fait.

Maman m'a regardé, elle a ouvert la bouche, elle l'a refermée et puis elle est allée dans la cuisine pour préparer le dîner.

À table, maman n'a presque rien mangé, et pourtant c'était très bon, il y avait du rôti, et puis papa a mis sa serviette dans le rond, et il a dit :

— Je vais prendre mes outils et l'escabeau.

Papa est parti, il est revenu avec les outils et l'escabeau, et nous sommes allés dans le salon, papa, maman et moi. Maman a aidé papa à déplacer le canapé, et puis papa a pris la glace.

– Je vais la mettre contre le mur, a dit papa à maman, et tu vas me dire si elle est bien au milieu.

– Je vais t'aider, j'ai dit.

– Non, Nicolas ! a crié maman.

– Pourquoi non ? j'ai demandé. C'est très lourd, et alors, moi…

– Nicolas ! a crié maman, tu vas me faire le plaisir de ne pas discuter quand je te dis quelque chose. Je ne veux pas que tu touches à cette glace ! Tu as compris ?

– Alors là, c'est pas juste, j'ai dit. Moi je veux aider, et on me gronde. Ça c'est trop fort !

Et je me suis mis à pleurer, et j'ai donné des coups de pied par terre, et maman a demandé ce qu'elle avait fait au bon Dieu. Mais après, comme elle est très chouette, elle m'a embrassé, elle m'a consolé, elle m'a demandé d'être sage, et papa a crié :

– C'est pas un peu fini, non ? C'est lourd, ce machin, et j'attends qu'on veuille bien s'occuper de moi, ou je vais tout lâcher !

– Non ! a crié maman.

– Bon, alors, Nicolas, va chercher un crayon. Toi, dis-moi si c'est bien droit comme ça, a dit papa, qui devenait tout rouge.

Alors, je suis allé chercher le crayon, et quand je

suis revenu, papa, qui était encore plus rouge qu'avant, m'a dit de mettre des coups de crayon juste en dessous de la glace, sur le mur, et moi j'étais bien content, parce qu'en général on ne me laisse jamais rien écrire sur les murs du salon.

Et puis, papa a mis la glace par terre, il s'est frotté les doigts, et il a dit qu'il allait y aller.

– Tu ne crois vraiment pas…, a dit maman.

Alors papa s'est fâché tout plein, il a dit qu'il en avait assez, qu'il voulait qu'on le laisse tranquille, que sinon il finirait par casser quelque chose, et que c'était insupportable, c'est vrai, quoi, à la fin.

– Bon, bon, a dit maman, je vais aller laver la vaisselle. J'aime mieux ne pas voir ça.

Et puis, maman est partie, et papa a commencé à faire des trous dans le mur, et puis il a regardé la glace, il s'est gratté la tête, et il a dit :

– Il me faut tout de même quelqu'un pour m'aider à la soulever, cette glace, pendant que je la pose…

– Eh bien, moi, j'ai dit. Moi, je peux t'aider.

– C'est vrai ça, mon Nicolas, a dit papa. Alors, tu vas m'aider en allant chercher M. Blédurt. À nous trois, je suis sûr que nous ferons du bon travail.

Alors, j'ai couru jusqu'à chez M. Blédurt ; c'est pas loin, puisque c'est notre voisin. J'ai sonné et quand M. Blédurt a ouvert la porte, je lui ai demandé de venir nous aider à poser la glace.

– Ah ! a dit M. Blédurt, c'était une glace qu'ils sont venus apporter ?

Et M. Blédurt s'est tourné vers l'intérieur de sa maison, et il a crié :

– Chérie ! C'était une glace !

Et puis, il m'a dit qu'il allait venir nous aider tout de suite, et qu'il allait en profiter pour nous ramener les coupes à champagne que papa et maman leur avaient prêtées pour le soir où M. Blédurt avait invité son patron et sa patronne.

Je suis revenu chez nous avec M. Blédurt qui tenait un plateau avec les coupes à champagne, celles qu'on ne sort presque jamais du buffet.

– Ah ! Te voilà, Blédurt, a dit papa. Tu vas me donner un coup de main pour poser ce miroir.

– D'accord, a dit M. Blédurt. Je te rends ces

coupes. Merci beaucoup, elles nous ont bien rendu service ; où est-ce que je les mets ?

– Je ne sais pas, moi, a dit papa, tu n'as qu'à les laisser sur la chaise, là, on les rangera plus tard. Maintenant, voilà ce que tu vas faire : tu vas tenir la glace, par en bas, là, comme ça… Bon… Tiens bien…

– Ouille ! Ouille ! Je lâche ! a crié M. Blédurt.

Mais c'était pour rire, et ils se sont mis au travail tous les deux, et moi je les aidais drôlement, parce que papa a dit que ce serait moi qui tiendrais les vis et qui les passerais à papa chaque fois qu'il en aurait besoin.

Et puis, papa a fini de poser la glace, et elle tenait bien au mur, très chouette et presque droite.

– Ouf ! a dit papa. C'était pas de la tarte ! Enfin c'est fait ! Nicolas, mon garçon, va chercher ta maman, maintenant.

Alors, j'ai couru vers la cuisine et j'ai ouvert la porte d'un coup, j'ai entendu un grand cri, et j'ai vu maman, qui avait de grands yeux et qui tenait des tas d'assiettes dans les mains.

– Nicolas ! a crié maman. Je t'ai déjà demandé cent fois de ne pas ouvrir la porte comme un sauvage ! Tu as failli me faire tomber avec toutes les assiettes !

– Viens voir, maman ! Viens voir ! j'ai crié.

Alors maman a laissé les assiettes sur la table de la cuisine et elle m'a suivi dans le salon.

– Hein ? a dit papa quand maman est entrée. Alors, qu'est-ce que tu en dis de ta glace, et accessoirement de ton mari ? Hein ?

– C'est magnifique ! Magnifique ! a dit maman, et elle était toute rose.

– Faut être juste, a dit papa, je n'aurais rien pu faire sans l'aide de deux assistants distingués ; j'ai nommé M. Blédurt et M. Nicolas !

On a tous rigolé, et maman a embrassé papa, elle m'a embrassé, et elle a serré la main de M. Blédurt.

– Ah ! Mes enfants, a dit maman, vous ne pouvez pas savoir comme je suis soulagée !

Et elle s'est laissée tomber sur la chaise. Pas celle où il y avait les coupes à champagne. Non, sur l'autre.

Tout le monde était bien content, et moi aussi. Et puis, j'étais assez étonné, parce qu'il faut que je vous dise que, jusqu'au bout, j'ai bien cru que quelqu'un allait casser quelque chose !

La tondeuse à gazon

Maman a dit à papa qu'il devrait tondre le gazon de la pelouse, parce que le jardin ressemblait à un terrain vague, que c'était une honte, et que papa trouvait toujours des prétextes pour ne pas tondre la pelouse, tout simplement parce qu'il n'aimait pas faire ça. Papa, qui était en train de lire son journal, couché sur le canapé du salon, a répondu qu'il ne cherchait pas de prétexte, mais que notre tondeuse était cassée, et qu'il ne voyait pas où il pourrait en trouver une autre, puisqu'on était dimanche. Et maman a dit qu'on pourrait emprunter celle de M. Blédurt.

– Blédurt ? a dit papa. Jamais. Nous nous sommes fâchés et nous ne nous parlons plus !

M. Blédurt, c'est notre voisin ; il est très rigolo et il aime bien taquiner papa ; mais comme papa n'aime pas toujours être taquiné par M. Blédurt, alors, de temps en temps, il se fâche avec M. Blédurt.

– Ça ne fait rien, a dit maman. Ce sera Nicolas qui ira emprunter la tondeuse à gazon, et Blédurt ne la lui refusera pas.

– Et comment qu'il la lui refusera, quand il saura que c'est pour moi ! Je suis bien tranquille, a dit papa en rigolant. Je le connais, ce grotesque !

Mais maman a dit que je n'avais pas besoin d'expliquer que la tondeuse était pour papa, et je suis allé sonner à la porte de M. Blédurt.

– Tiens ! Mais c'est Nicolas ! a dit M. Blédurt, qui est toujours très chouette avec moi, même quand il est fâché avec papa.

– Je viens voir si vous pouvez me prêter la tondeuse à gazon, j'ai dit.

– C'est pour ton père ? a demandé M. Blédurt.

Alors, moi j'ai pas su quoi dire, et M. Blédurt m'a dit de ne pas mentir, parce qu'il le verrait tout de suite : mon nez se mettrait à remuer ! Ça, ça m'a fait rigoler, parce que c'était ce qu'on me disait quand j'étais petit, avant les vacances. Une fois, même, je m'étais mis devant la glace et j'avais dit des tas de gros mensonges pour voir si mon nez remuait, et bien sûr, c'était des blagues.

– Bon, a dit M. Blédurt. Tu diras à ton père qu'il vienne faire ses commissions lui-même, si c'est un homme.

Alors moi je suis retourné à la maison, j'ai réveillé papa qui dormait sur le canapé avec le journal sur la figure, et je lui ai dit ce que m'avait dit de lui dire

M. Blédurt. Et, à papa, ça ne lui a pas fait plaisir du tout !

– Ah ! C'est comme ça ? a dit papa. Eh bien nous allons voir si je suis un homme…

Et nous sommes allés ensemble chez M. Blédurt, qui devait regarder par sa fenêtre, parce qu'il a ouvert la porte avant que papa ait le temps de sonner.

– Dis donc, Blédurt, a demandé papa, tu ne crois tout de même pas que j'ai peur de toi, non ?

– Ce que je crois, c'est que tu as un drôle de toupet de venir chez moi, a répondu M. Blédurt. Si j'avais un chien, je te le lâcherais !

– Un chien ? a dit papa en rigolant. Mais, mon pauvre ami, jamais un chien n'accepterait de rester auprès de toi ! Ça a de l'instinct, ces bêtes-là !

– Ah ! C'est malin ! a dit M. Blédurt. En tout cas, moi, j'ai les moyens de m'en acheter un de chien, et de le nourrir ! C'est pas comme d'aucuns que je ne nommerai pas !

– Pauvre minable ! a crié papa. Non seulement j'ai largement les moyens de m'acheter un chien, mais encore un chien de race, et je le dresserais à mordre les minables !

– C'est vrai ? j'ai demandé. On va avoir un chien ?

– Nicolas, m'a dit papa, ne te mêle pas de la conversation des grandes personnes et retourne à la maison !

Alors, moi, je suis parti en courant chez nous, content comme tout, et je suis allé dire à maman, qui était dans la cuisine, que papa allait acheter un chien et que nous lui apprendrions à faire des tours.

– Un chien, a dit maman. C'est ce que nous allons voir… Où est-il, ton père ?

J'ai dit à maman que papa était chez M. Blédurt, et nous y sommes allés ensemble. Papa et M. Blédurt étaient toujours en train de parler devant la porte.

– Qu'est-ce que c'est cette histoire de chien ? a demandé maman.

– Chien ? a dit papa. Quel chien ?

– Celui que tu vas acheter, à qui nous apprendrons à faire des tas de tours, comme le coup de mordre les minables, et nous l'appellerons Lancelot, j'ai dit.

— Nicolas, a crié papa, je crois t'avoir dit de rentrer à la maison !

— Ça ne m'explique pas cette histoire de chien, a dit maman. Tu sais que je ne veux pas d'animaux chez nous !

— Mais non ! a dit papa. Nicolas a mal compris ! Il n'est pas question d'acheter un chien…

— Mais tu as promis ! j'ai crié.

— Nicolas ! a crié papa. Pour la dernière fois, veux-tu retourner à la maison ?

Alors, là, c'était vraiment pas juste ! On me promet qu'on va m'acheter un chien, on lui donne un nom, on dit même qu'on va le dresser à mordre les minables, et puis après, c'est tout des blagues, et je me suis mis à pleurer.

— Tu veux une fessée, Nicolas ? a demandé papa.

— Ah ! Non ! a crié M. Blédurt. Je m'oppose à ce que ce malheureux enfant soit martyrisé chez moi ! Déjà que je l'entends souvent crier…

— Ça m'étonnerait que vous l'entendiez, M. Blédurt, a dit maman, avec votre radio qui hurle à réveiller tout le quartier !

— Je ne savais pas qu'il fallait demander la permission du quartier pour écouter la radio chez moi ! a dit Mme Blédurt, qui venait d'arriver, toute rouge.

Maman est restée un moment avec la bouche ouverte, et puis elle a rigolé.

— Écoutez, elle a dit, maman. Vous ne trouvez pas que nous sommes un peu ridicules, de nous disputer comme des gamins ?

— C'est vrai, a dit Mme Blédurt. Vous avez bien raison. Au fond, nous nous aimons bien, et ces disputes entre voisins sont grotesques…

— Et ce n'est pas un bel exemple pour le petit, a dit maman. Tout ça, c'est de la faute de ces deux grands nigauds. Allez, faites la paix et serrez-vous la main. Vous en mourez d'envie !

Papa et M. Blédurt ont eu l'air embêtés ; ils se sont regardés, papa a donné un petit coup de pied à un caillou, et puis il a avancé sa main vers M. Blédurt, qui l'a prise avec sa main à lui, et ils se sont mis à rigoler tous les deux, mais pas comme quand ils sont fâchés. Et puis Mme Blédurt a embrassé maman, et puis elle m'a embrassé, moi ; M. Blédurt

m'a passé la main sur les cheveux, et c'était tellement chouette que je me suis consolé pour le coup
de Lancelot. Maman a dit que c'était de la blague,
que jamais la radio ne nous dérangeait, et Mme
Blédurt a dit qu'elle ne m'entendait pas crier. Et ça,
ça m'a étonné ! Et puis maman a dit qu'il était
l'heure de rentrer, parce qu'elle avait son dîner à
faire, tout le monde s'est serré la main, et nous
sommes partis.

Nous étions de retour chez nous, quand on a
sonné à la porte. Papa a fait un soupir, il s'est levé
du canapé, et il est allé ouvrir. C'était M. Blédurt
qui était là, avec un gros rire gentil, et sa tondeuse
à gazon.

– Avec tout ça, a dit M. Blédurt, tu as oublié le
principal : la tondeuse à gazon, pour ta pelouse !

Alors, papa s'est mis très en colère ; il a dit à
M. Blédurt de se mêler de ce qui le regardait, qu'il
ne l'avait pas sonné et que, de toute façon, quand il
aurait envie de tondre la pelouse, il s'achèterait une
tondeuse à gazon, pour ne pas avoir à l'emprunter
chez des minables, non mais sans blague !

Et papa et M. Blédurt ne se parlent plus.

Mes vacances de Pâques

Moi, j'aime bien Pâques ; c'est une chouette fête : on a vacances à l'école, on mange des tas d'œufs en chocolat, et tout le monde voyage, comme les cloches ; mais nous on ne va pas à Rome, on va chez mémé, qui habite à la campagne, très loin de chez nous.

Papa, je crois qu'il n'avait pas tellement envie d'aller chez mémé. Il a expliqué à maman qu'il préférait se reposer à la maison, que sur les routes ils avaient défendu de conduire à plus de 90 kilomètres à l'heure, ce qui n'était pas drôle, et que pour partir pour trois jours, ça risquait de faire des frais. Maman m'a dit de monter jouer dans ma chambre, et après elle a crié des choses, mais je n'ai pas bien entendu ce qu'elle disait. Quand je suis redescendu dans le salon, j'ai été très content, parce que papa avait décidé de nous emmener chez mémé. Moi, j'aime bien aller chez mémé ; il y a des poules, des lapins, des canards, des arbres, et on mange très bien.

– Je vais préparer un panier pour la route, a dit maman ; mais papa a dit que non, qu'il en avait assez de manger des œufs durs, des sandwiches et des bananes, qu'on irait au restaurant.

C'est drôlement chouette ! Papa, il choisit les restaurants dans un petit livre rouge, et il m'a expliqué une fois que là-dedans, ils vous disent comment sont les restaurants, avec des tas de petites étoiles et de fourchettes. Avec papa, on ne va jamais là où il y a des étoiles, parce que papa dit que c'est très cher et qu'il refuse de payer le cadre pour casser la croûte. Je ne sais pas ce que ça veut dire, mais papa ça le fait rigoler toujours quand il dit ça. Et il le dit souvent ; ça doit être très drôle, alors moi je ris aussi, pour lui faire plaisir, parce que moi, j'aime beaucoup mon papa.

Il faut dire que le petit livre rouge ne marche pas toujours, parce qu'il est très vieux ; papa m'a dit qu'il l'avait acheté quand il s'était marié avec maman, pour faire le voyage de noces. Alors, souvent, quand on s'arrête devant un restaurant, le restaurant n'est plus là, et à la place, il y a une fabrique de caoutchouc, comme la dernière fois que nous sommes partis en auto, et on a crevé devant l'usine, ce qui a fait rigoler tous les gens qui y travaillaient et qui sont sortis pour nous voir. Mon papa il ne rigolait pas, parce que le pneu de rechange était crevé, lui aussi.

Nous sommes partis le matin de très bonne heure, et avant de partir, papa est allé sonner chez M. Blédurt, notre voisin, pour le prévenir qu'on partait, et qu'on allait peut-être pousser jusqu'à la côte. M. Blédurt qui était en pyjama à raies, ça n'a pas paru lui faire tellement plaisir, je ne sais pas pourquoi, mais il a été gentil quand même, il nous a souhaité bon voyage. « Bon voyage », il a dit.

Sur la route, les 90 kilomètres à l'heure, personne ne pouvait les faire, parce qu'il y avait des tas de voitures, et ça n'avançait pas vite, et les gens qui partaient en vacances n'avaient pas l'air contents du tout.

– Ça commence bien ! a dit papa.

– Ça va être difficile de pousser jusqu'à la côte, j'ai dit.

– Quelle côte ? a demandé maman.

– Nicolas, tais-toi ! a crié papa.

Moi je me suis mis à pleurer et maman a dit à papa de ne pas crier après moi, que ce n'était pas ma faute s'il y avait un embouteillage, et papa a demandé si c'était lui qui avait eu l'idée d'aller chez mémé, et moi, j'ai dit que non, que ça avait été maman, et maman m'a dit : « Nicolas, tais-toi ! » et moi, je me suis mis à pleurer, mais pas très fort parce que j'étais content d'aller chez mémé.

– Ce qui est ennuyeux, a dit maman, c'est qu'avec tout ce monde, les restaurants vont être pleins.

– Le principal, a dit papa, c'est de s'arrêter de bonne heure. J'ai calculé que nous serons à Millediou-la-Vigne à midi, sans nous presser. Il y a une bonne petite auberge, là, que Barlier m'a recommandée.

M. Barlier, c'est un copain de bureau de mon papa, qui aime beaucoup manger, comme mon copain Alceste ; mais M. Barlier va plus souvent au restaurant qu'Alceste, alors il connaît des tas d'adresses qu'il donne à mon papa.

Sur la route, les voitures, elles n'avançaient plus du tout, et papa a dit qu'à ce train-là on ne serait jamais à Millediou-la-Vigne pour midi. Alors, il a vu une petite route en terre qui partait de la grande route, et papa a tourné le volant et nous y sommes allés avec la voiture.

– Il faut savoir prendre les petits chemins, nous a expliqué papa ; on évite la foule, et souvent on gagne des kilomètres. Nous retrouverons la nationale plus loin.

L'idée de mon papa devait être bonne, parce qu'il y a des tas de voitures qui nous ont suivis. Nous, on était les premiers, et j'étais très fier de mon papa. Et puis, ce qu'il y avait de bien, c'était que la route était tellement étroite que personne ne pouvait nous doubler. Mais ce qui est dommage, c'est que la route s'arrêtait devant une barrière, et que derrière la barrière, il y avait de l'herbe et des vaches qui nous regardaient en mâchant et en faisant meuh !

Comme on ne pouvait pas faire demi-tour, toutes les voitures ont dû reculer jusqu'à la grande route, et ça, ça a pris un drôle de temps. Un monsieur assis sur un gros cheval au bord de la route nous a crié en rigolant que c'était toujours la même chose depuis trois ans, quand le tracteur avait renversé le panneau qui expliquait que c'était une voie sans issue.

Nous sommes arrivés à Millediou-la-Vigne à trois heures moins le quart, mais papa nous a dit que ça ne faisait rien, que c'était tout aussi bien, parce qu'à cette heure-là il n'y aurait plus de clients dans le restaurant et qu'on aurait de la place. Et mon papa avait bien raison : on a eu de la place ; la seule chose, c'est que le patron nous a dit qu'il n'y avait plus rien à manger.

– Tu vois, a dit maman, si j'avais mon panier…

Papa et maman ont commencé à se disputer, mais le patron leur a dit qu'il se débrouillerait pour nous servir quelque chose, et on a eu des œufs durs, des sandwiches et des bananes.

Après le déjeuner, nous sommes repartis, mais on a dû rouler doucement, parce qu'il paraît que la voiture chauffait, et le moteur faisait de drôles de bruits. Nous sommes arrivés chez mémé à six heures du soir. Mémé est sortie en courant de la maison, elle m'a pris dans ses bras, elle m'a embrassé, elle a embrassé maman, et elle a donné la main à papa, et elle a dit qu'elle avait été très inquiète, qu'elle nous attendait plus tôt. Maman a dit qu'il y avait beaucoup de monde sur la route et mémé a demandé à papa pourquoi il n'avait pas pris de raccourci. Papa a dit qu'il allait sortir les valises de l'auto.

La maison de mémé est formidable. Il y a des tas de choses amusantes à voir, et moi j'ai couru jusqu'au poulailler.

— Nicolas, a crié maman, viens faire ta toilette ! Cet enfant me fera mourir !

— Laisse-le, a dit mémé, il est là pour s'amuser, le petit chou.

Et mémé est venue avec moi, et puis elle m'a dit que cette nuit, les poules allaient pondre des œufs en chocolat partout, et que demain il faudrait que je les trouve. Moi, je sais que c'est des blagues, surtout depuis que je suis grand, mais j'ai dit que oui, pour faire plaisir à mémé. Ce qu'il y a de bien, c'est que mémé cache mal les œufs, pour que je puisse les trouver facilement.

Après, mémé m'a montré les petits lapins blancs dans leurs cages. Ils sont très chouettes, avec des yeux rouges, comme Clotaire quand il se fait gronder par la maîtresse, et des nez qui remuent, et Geoffroy fait très bien ça à la récré, pour nous faire rigoler.

— Tu m'en donneras, un petit lapin, mémé ? j'ai demandé.

— Mais, mon chéri, a dit mémé, un petit lapin ne serait pas heureux en ville.

Moi, j'ai dit que bon, que je ne prendrai pas de petit lapin, parce que c'est vrai, j'aime bien les petits lapins, et je ne veux pas qu'ils soient malheureux.

Et puis on a dîné; c'était très bon, il y avait du potage, du lapin et de la crème. Après dîner, j'ai voulu rester réveillé, mais j'étais très fatigué et je suis monté me coucher, pendant que papa descendait à la cave pour arranger les plombs; mémé lui a dit qu'ils ne marchaient pas très bien.

Le matin, je me suis réveillé de bonne heure, et c'est très chouette, le matin chez mémé. On entend chanter les coqs, les vaches et les chiens. Je suis allé réveiller papa et maman, mais papa, sans ouvrir les yeux, m'a dit :

– Nicolas, je t'en supplie, laisse-moi tranquille.

Il avait une voix très triste, papa, en me disant ça, alors je l'ai laissé.

Mémé était déjà dans la cuisine, elle m'a embrassé, elle m'a dit que j'étais son poussin à elle et elle m'a donné un grand bol de café au lait, une tartine avec des tas de beurre dessus et un œuf à la coque. Elle m'a dit que quand j'aurais fini de manger, j'irais chercher les autres œufs, les vrais : ceux en chocolat.

– Dépêche-toi, a dit mémé, pendant que je vais réveiller ton papa et ta maman.

Moi, j'ai mangé vite ; ce que ça peut sentir bon, le petit déjeuner dans la cuisine de mémé !

Et puis, papa et maman sont descendus dans la cuisine avec mémé. Papa, il avait mis sa robe de chambre, et il avait les cheveux dépeignés.

– Dépêchez-vous, a dit mémé ; j'ai besoin que vous me coupiez du bois et que vous m'arrangiez quelques bricoles.

– Je croyais que vous aviez un bonhomme ici, qui s'occupait de tout ça, a dit papa.

– Adrien ? a demandé mémé… Bien sûr. Mais vous ne voudriez tout de même pas qu'il travaille à

Pâques, cet homme-là ! Il est allé se reposer dans sa famille.

– Le pauvre gars ! a dit papa avec un gros soupir.

Alors, mémé m'a dit :

– Viens, mon chéri ; nous allons chercher les œufs en chocolat.

Nous sommes sortis et derrière la maison, j'ai vu les œufs qui étaient posés sur l'herbe, tous ensemble.

– Cherche bien, m'a dit mémé ; je crois avoir entendu les poulets chanter par là, cette nuit.

Pour faire plaisir à mémé, j'aime bien faire plaisir, j'ai fait semblant de chercher les œufs et puis j'ai crié : « Oh ! Les voilà ! » Alors, mémé m'a pris dans ses bras, elle m'a embrassé des tas de fois, elle a dit que j'étais très intelligent, que j'étais son petit homme et son gros poussin. Et puis elle m'a lâché, j'ai ramassé les œufs et je suis rentré à la maison avec mémé, pour montrer les œufs à maman et pour les manger. Papa, il était occupé à couper du bois avec une scie, près du poulailler.

Il était drôle à voir avec sa robe de chambre et ses pantoufles, mais comme il avait l'air très intéressé par son travail, je n'ai pas voulu le déranger.

Maman m'a dit que les œufs étaient très jolis, mais que je ne les mange pas maintenant, ça me couperait l'appétit.

– Laisse-le, ce petit, a dit mémé, ça ne peut pas lui faire du mal.

Elle est chouette, mémé.

Les œufs, je les ai mangés presque tous, pas tous, parce que je me suis senti fatigué. Alors, je suis allé m'asseoir devant la maison, au soleil, et j'ai commencé à avoir un peu mal au ventre.

Mémé est sortie me voir et elle m'a dit :

– Comme tu es sage, Nicolas… Pourquoi tu ne vas pas jouer un petit peu ?… Comme ça, tu auras très faim pour manger le beau poulet à la crème que je prépare.

Alors, j'ai été très malade, et puis maman m'a pris dans ses bras et m'a couché sur le canapé du salon.

Mémé, qui avait l'air très inquiète, a demandé à maman si ce genre de malaise m'arrivait souvent et s'il ne faudrait pas appeler un docteur.

– En ce qui me concerne, a dit papa qui venait d'entrer, un peu de teinture d'iode et quelques bandages suffiront ; je ne me suis coupé que trois doigts avec votre scie.

– Ah ! Là là, gendre, a dit mémé en rigolant, ce que vous pouvez être maladroit.

– En attendant, a dit papa, je vous ai coupé assez de bois pour chauffer votre maison pendant des mois. Mais une chose m'étonne ; j'ai l'impression qu'il ne fait pas bien froid dans la région ; pourquoi avez-vous besoin de tout ce bois ?

– En avril, ne te découvre pas d'un fil, a dit mémé. Et puis, ça sera toujours ça de moins à faire pour Adrien ; il se fait vieux, le pauvre bonhomme !

Papa, il a regardé mémé, et puis il a dit qu'il allait s'habiller.

À midi, à table, mémé était très triste parce que maman n'a pas voulu que je prenne du poulet à la crème.

– Mais ça ne peut pas lui faire de mal, a dit mémé.

Mais maman a insisté pour que je ne mange que des légumes. Moi, j'ai obéi à maman, comme toujours, surtout que je n'avais pas faim. Je crois que c'est à cause des œufs en chocolat.

Après déjeuner, maman m'a dit qu'on allait tous faire la sieste, et qu'après je me sentirais très bien. Moi j'ai dit d'accord, et je suis allé me coucher, pendant que papa allait arranger la barrière qui ne s'ouvrait pas bien.

J'ai drôlement bien dormi, et quand je me suis réveillé je me sentais très bien, et en allant dans le jardin, j'ai fini de manger les œufs en chocolat qui me restaient. Papa était en train de tondre la pelouse et je crois qu'il disait des choses à voix basse, mais je n'ai pas entendu ce qu'il disait.

Mémé, quand elle m'a vu, elle m'a embrassé, et

puis elle m'a pris la main et elle m'a dit qu'elle avait une surprise pour mon goûter. Et dans la cuisine, elle a fermé la porte et elle m'a donné du poulet à la crème qui restait de midi. C'était très bon.

Après, nous sommes sortis dans le jardin et nous avons trouvé papa qui a dit :

– Voilà, votre pelouse est tondue. C'est tout ce qu'il y a pour votre service ?…

– Mais reposez-vous un peu, a dit mémé ; c'est vrai, vous vous agitez tout le temps ; il faut savoir prendre des vacances, mon garçon ; vous avez l'air plus fatigué qu'en arrivant. Vous finirez les autres bricoles demain…

– C'est que justement, a dit papa, demain nous ne serons plus là… J'ai décidé de partir ce soir ; il faut qu'après-demain matin je sois au bureau, et je voudrais éviter la cohue du retour.

Mémé n'était pas contente ; elle a dit que c'était de la folie d'avoir fait un tel voyage pour rester si peu de jours, qu'elle n'avait pas eu le temps de me voir et qu'elle ne voulait pas entendre parler de ce départ.

– Désolé, belle-mère, a dit papa, mais il faut que nous partions !…

Et il ne rigolait pas, papa.

Alors, maman qui était venue a dit à mémé qu'en effet, ce serait peut-être plus sage de partir ce soir. Alors, mémé a dit que oh ! oui, bien sûr, personne ne voulait rester auprès d'une pauvre vieille, qu'elle comprenait que c'était une corvée, que personne ne l'aimait, mais que ça ne faisait rien, qu'on pourrait être un peu plus gentil avec elle qui n'avait plus que quelques années à vivre…

– Allons donc, a dit papa, vous nous enterrerez tous.

Et ça, ça m'a fait très peur, et je me suis mis à pleurer ; alors tout le monde m'a consolé, et maman a dit à mémé que de toute façon, mémé viendrait nous voir bientôt chez nous, et mémé a dit d'accord, qu'elle allait préparer le dîner de bonne heure et que papa arrange les persiennes de la chambre à coucher avant de partir.

On a dîné très tôt, et puis pendant que papa mettait les valises dans la voiture, mémé nous a préparé un panier avec des œufs durs, des sandwiches de poulet à la crème et des bananes. Et puis, papa nous a appelés, mémé m'a embrassé avec des tas de larmes dans les yeux, pauvre mémé, elle a embrassé maman, et elle a donné la main à papa, et puis l'auto n'a pas voulu partir.

Papa a donné des tas de coups de poing sur le volant, mais ça n'a servi à rien ; alors il a demandé s'il y avait un garage dans le coin, mémé a dit que oui, elle a dit où c'était, de l'autre côté du village, et papa a dit qu'il allait y aller.

– Je peux venir avec toi, papa ?… j'ai demandé.

Papa ne m'a même pas répondu et maman m'a dit qu'il valait mieux ne pas déranger papa en ce moment, parce qu'il avait des soucis.

On a attendu longtemps, et puis on a vu papa revenir avec un monsieur qui avait des sabots, un pantalon sale et qui mâchait de la paille.

– Monsieur a bien voulu venir, bien que son garage soit fermé, a expliqué papa.

– Ouaip a dit le monsieur, qui a regardé dans le moteur de l'auto.

Et puis il s'est gratté la tête, il a mis les mains dans ses poches, et il a dit : « Ouaip, c'est bien ce que je pensais. »

– Vous pouvez m'arranger ça tout de suite ?… a demandé papa.

– Non, a dit le monsieur, je n'ai pas cette pièce, faudra que je la demande au concessionnaire. Je crois pas qu'il en ait. Ça casse jamais, ces pièces-là. C'est la première fois que j'en vois une de cassée.

– Vous croyez que demain matin ?… a demandé papa.

– Lundi de Pâques ?… Vous voulez rigoler, a dit le monsieur. Pas avant mardi, j'aurai les pièces mercredi ou jeudi. Avant la fin de la semaine, je vous arrangerai ça. Ouaip.

Et il est parti.

Papa n'était pas content ; alors mémé lui a dit qu'il y avait un train à trois heures de l'après-midi et que son voisin, M. Bougru, accepterait sûrement de nous conduire demain à la gare avec son camion. Moi j'étais bien content, parce que ça nous faisait rester en vacances plus longtemps chez mémé. Maman m'a pris à part et elle m'a dit qu'il fallait être très gentil avec papa, qui était un peu nerveux.

Le lendemain matin, papa a eu le temps de nettoyer le poulailler et de repeindre la cabane à outils ; on a déjeuné de bonne heure, et puis M. Bougru est venu nous chercher. Le voyage en camion a été très chouette ; bien sûr, ça ne sentait pas très bon, mais M. Bougru nous a expliqué que d'habitude, ce qu'il emmenait à la gare, c'était des bestiaux.

Il y avait beaucoup de monde dans le train, mais maman a trouvé une place dans un compartiment et elle m'a pris sur ses genoux. Papa il a dû rester dans le couloir, mais il aime bien ça, parce qu'on peut fumer.

Nous sommes arrivés très tard dans la nuit à la maison. Nous étions bien contents. Celui qui a de la chance, c'est papa, parce que lui, il doit retourner chez mémé samedi prochain, pour chercher son auto. Ça va lui faire du bien de prendre encore un peu de repos, papa, parce que maman et moi, à notre retour, nous l'avons trouvé un peu fatigué. En tout cas, ça a été de chouettes vacances de Pâques ; je vous souhaite à tous d'en avoir d'aussi bonnes.

JOYEUSES PÂQUES !

Table des matières

René Goscinny

René Goscinny est né à Paris en 1926 mais il passe son enfance en Argentine. « J'étais en classe un véritable guignol. Comme j'étais aussi plutôt bon élève, on ne me renvoyait pas. » Après une brillante scolarité au Collège français de Buenos Aires, c'est à New York qu'il débute sa carrière au côté d'Harvey Kurtzman, fondateur de *Mad*. De retour en France dans les années cinquante il collectionne les succès. Avec Sempé, il imagine le *Petit Nicolas*, inventant pour lui un langage et un univers qui feront la notoriété du désormais célèbre écolier. Puis Goscinny crée *Astérix* avec Uderzo. Le triomphe du petit Gaulois sera phénoménal. Auteur prolifique, il est également l'auteur de *Lucky Luke* avec Morris, d'*Iznogoud* avec Tabary, des *Dingodossiers* avec Gotlib... À la tête du légendaire magazine *Pilote*, il révolutionne la bande dessinée. Humoriste de génie, c'est avec le *Petit Nicolas* que Goscinny donne toute la mesure de son talent d'écrivain. C'est peut-être pour cela qu'il dira : « J'ai une tendresse toute particulière pour ce personnage. » René Goscinny est mort le 5 novembre 1977, à cinquante et un ans. Il est aujourd'hui l'un des écrivains les plus lus au monde.

www.goscinny.net

Jean-Jacques Sempé

Jean-Jacques Sempé est né à Bordeaux le 17 août 1932. Élève très indiscipliné, il est renvoyé de son collège et commence à travailler à dix-sept ans. Après avoir été l'assistant malchanceux d'un courtier en vins et s'être engagé dans l'armée, il se lance à dix-neuf ans dans le dessin humoristique. Ses débuts sont difficiles, mais Sempé travaille comme un forcené. Il collabore à de nombreux magazines : *Paris Match, L'Express…*

En 1959, il « met au monde » la série des Petit Nicolas avec son ami René Goscinny. Il a, depuis, publié de nombreux albums. Sempé, dont le fils se prénomme bien sûr Nicolas, vit à Paris (rêvant de campagne) et à la campagne (rêvant de Paris).

Dans la collection Folio Junior, il est l'auteur de *Marcellin Caillou* (1997) et de *Raoul Taburin* (1998) ; il a également illustré *Catherine Certitude* de Patrick Modiano (1998) et *L'Histoire de Monsieur Sommer* de Patrick Süskind (1998).

Retrouvez le héros
de **Sempé** et **Goscinny**

dans la collection

Découvrez également
Histoires inédites du Petit Nicolas
Volume 1 et Volume 2

Le Petit Nicolas - le ballon et autres histoires inédites

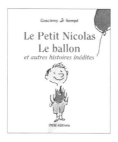

IMAV éditions
www.petitnicolas.com

Mise en pages : Maryline Gatepaille

Loi n° 49-956 du 16 juillet 1949
sur les publications destinées à la jeunesse
ISBN : 978-2-07-062949-7
Numéro d'édition : 171288
Dépôt légal : février 2011

Imprimé en France sur les presses de l'imprimerie Pollina s.a., 85400 Luçon - L55888